BIBLIOTHÈQUE
CHRÉTIENNE ET MORALE,

APPROUVÉE

PAR MONSEIGNEUR L'ÉVÊQUE DE LIMOGES.

—

3ᵉ SÉRIE.

ÉLISABETH

OU

RÉSIGNATION DANS LES SOUFFRANCES.

La charité retenait son épouse auprès de lui.

ÉLISABETH

OU

RÉSIGNATION DANS LES SOUFFRANCES

PAR

FÉLIX DELAVILLE.

LIMOGES

BARBOU FRÈRES, IMPRIMEURS-LIBRAIRES.

ÉLISABETH

OU

RÉSIGNATION DANS LES SOUFFRANCES.

Elisabeth de Ranfaing, si connue, et si justement connue sous le nom d'Elisabeth de la Croix, naquit le 30 d'octobre 1592, à Remiremont, ville de Lorraine, qui, quoique assez petite, est célèbre par un chapitre de chanoinesses, où la vertu se réunit à la naissance. Elle eut pour père Jean-Léonard de Ranfaing, jeune gentilhomme qui, dès son plus bas âge, avait embrassé l'état militaire, et pour mère, Claude de Magnière qui, noble comme lui, beaucoup plus âgée, et formée de longue main à la vertu, était propre à lui en inspirer les sentiments.

Elisabeth fut l'unique fruit de ce mariage. En peu d'années elle dédommagea sa mère, qui n'était plus jeune, des cruelles douleurs qu'elle lui avait fait souffrir dans son enfantement. Le dernier siècle n'a rien vu de plus accompli que cette jeune personne. Les qualités du corps se réunirent en elle aux qualités de l'âme pour en faire un de ces chefs-d'œuvre que les romans imaginent et que l'histoire ne rencontre presque jamais. A une taille extrêmement avantageuse, elle joignait un air décent et serein, un port majestueux, un tour de visage si éblouissant, que les peintres n'ont jamais pu le saisir; en un mot une beauté si parfaite, qu'elle fut l'Irène de son temps, et que, dans toute l'Europe, il n'y en avait point qu'on pût lui comparer. L'archiduc d'Autriche qui, en passant par Remiremont, ne la vit qu'à peine sortie de l'enfance, en fut si frappé, qu'il la demanda avec instance pour la faire élever dans sa cour avec de jeunes demoiselles de la première qualité. Mais la Providence, qui avait d'autres desseins sur elle, ne permit pas que ce projet s'exécutât.

Les grâces extérieures d'Elisabeth étaient soutenues par des grâces d'un tout autre prix, celles de l'esprit et du cœur. Pour ce qui est de l'esprit, elle l'avait vif, pénétrant, droit, simple, ami du vrai, ennemi de l'équivoque et du déguisement. Elle pensait bien, elle jugeait solidement, elle saisissait mieux les conséquences que d'autres ne voient les principes. De là ce mot d'un des plus grands génies de son temps : « Je ne suis qu'un enfant auprès d'elle ; » de là encore cette effusion de louanges que les cardinaux romains prodiguèrent à quelques-uns de ses écrits, qui s'étaient répandus jusque dans l'Italie.

Ces qualités de l'esprit, qui firent d'abord juger qu'elle serait quelque jour un prodige de lumière et de bon sens, le cédaient à celles du cœur. Elle l'avait grand, noble, généreux, reconnaissant presqu'à l'excès, sensible au moindre plaisir qu'on pouvait lui faire, toujours prêt à faire du bien, toujours très-éloigné de faire du mal ; d'ailleurs aussi ferme qu'il le devait être à raison du temps, du lieu et des circonstances. Qu'on joigne à ces précieux dons un naturel extrêmement doux, une prodigieuse facilité à apprendre tous les petits ouvrages qui occupent les personnes de son sexe, une main très-habile pour les exécuter, une voix des plus gracieuses qu'on ait jamais entendue, et l'on tombera aisément d'accord que mademoiselle de Ranfaing effaça toutes les jeunes personnes de son temps.

Tant et de si beaux talents la destinaient au monde, selon les idées du siècle ; mais Dieu semblait l'appeler ailleurs. A peine avait-elle treize ou quatorze ans, qu'elle devint un modèle de vertu et de pénitence. La prière, les bonnes lectures, les entretiens avec Dieu, étaient sa principale et sa plus tendre occupation. Elle était charmée de la vie de ces anciens anachorètes qui,

confinés dans les déserts, n'y avaient d'autre
exercice que celui du travail et de la méditation.
La nourriture qui la révoltait davantage était précisément celle qu'elle choisissait. Une discipline
de chaînes de fer était souvent l'instrument de sa
mortification. Elle portait trois fois par semaine
un rude cilice en forme de croix de saint André,
et le serrait si fort sur sa chair innocente, qu'elle
en tombait en faiblesse. Ces excès, qu'un sage
directeur ne peut souffrir selon les lois ordinaires,
altéraient considérablement sa santé. Ses parents
en étaient sensiblement affligés, et sa mère, qui
fondait sur elle ses plus flatteuses espérances,
aussi touchée que surprise de la voir infirme de
si bonne heure, redoublait d'attention pour la
conserver : elle prenait elle-même la peine de la
coucher tout les soirs, d'arranger son lit, de faire
tendre devant les fenêtres de son appartement une
pièce de tapisserie pour en fermer l'entrée au
souffle le plus léger. Mais l'amour de la croix
rendait toutes ces précautions inutiles. Elisabeth,
au moment même qu'elle jugeait tout le monde
endormi, sortait de ce lit si bien paré, se cou-
chait à plate-terre, y restait des trois ou quatre
heures, et ne se remettait au lit que pour dérober
le secret de sa mortification. De là un air de langueur, une couleur pâle, un visage abattu, qui
causaient à ses parents une tristesse mortelle.

Enfin ils s'aperçurent qu'elle soupirait après la
religion. Un cilice, trouvé par hasard, la trahit.

Dès-lors elle essuya tous les mauvais traitements qu'on put imaginer pour la détourner de son dessein. On lui enleva ses livres de piété. Une dame, d'intelligence avec sa mère, lui en fit acheter un capable, disait-elle, de la dédommager de la perte de tous les autres ; mais dès qu'elle eut vu que ce n'était qu'un tissu romanesque d'histoires galantes, elle y renonça sur-le-champ. Cependant toute compagnie qui n'était ni dissipée ni dissipante lui fut interdite. On la forçait de paraître dans les cercles avec un attirail de parure et de mondanité qu'elle ne détestait pas moins qu'Esther ne détestait les ornements de sa gloire. Une femme de qualité, qui à la vérité était très-sage, mais qui se croyait engagée par son rang à recevoir compagnie, l'ayant obtenue de sa mère pour un temps, l'obligea, un jour de carnaval, à danser. Elle le fit avec une grâce que toute l'assemblée admira. Mais personne ne savait qu'avant de prendre ses beaux habits, elle s'était armée d'une ceinture de crin très-piquante, et de cette douloureuse croix de saint André dont j'ai parlé plus haut, afin qu'au milieu d'une réjouissance publique, elle prît plus de part aux souffrances du Sauveur qu'aux vains plaisirs du monde.

De retour chez sa mère, celle-ci, toujours inquiète sur les pratiques de piété de sa fille, lui trouva encore les livres de dévotion qu'elle lui avait enlevés. Cette seconde découverte la fit frémir, et lui rappela ce qu'Elisabeth lui avait dit, qu'elle voulait être religieuse. C'est donc là, lui dit-elle d'un ton animé, c'est là ce que tu médites depuis long-temps, fille ingrate et dénaturée ; c'est ainsi que tu te disposes à me quitter pour t'aller jeter dans un cloître. Tu veux donc faire mourir celle qui t'a donné la vie et qui t'a élevée avec tant de tendresse ? » « Il est vrai, ma chère mère, répondit modestement Elisabeth, que les obligations que je vous ai sont grandes, mais j'en ai encore de plus grandes à un Dieu qui m'a rachetée de son sang précieux. Si je vous quitte, ce n'est que pour le suivre et pour répondre à ma vocation. Ne vous désolez pas, ma chère mère, je vous donnerai plus de satisfaction dans la maison du Seigneur, que je ne vous en donnerais dans la vôtre. »

Une réponse aussi modérée ne fit qu'aigrir madame de Ranfaing. L'ambition d'avoir un gendre distingué lui avait fait oublier son ancienne vertu. La douceur n'était plus de saison pour elle : elle se jeta sur sa fille et la chargea de coups. L'innocente victime essuya ce violent orage avec une patience invincible. Elle se contenta de dire d'une voix touchante, que Dieu était plus fort que les hommes, et que plus on la frappait, plus elle se sentait portée à se consacrer à lui. Ce seul mot lui valut une seconde grêle de coups, mais si impétueuse et si forte, qu'elle pensa coûter la vie à la fille et à la mère. Celle-ci fit, pour assommer l'autre, de si prodigieux efforts, qu'il fallut la porter au lit, où elle resta pendant deux mois. Son mari, effrayé de la nouvelle imprévue de son mal, lui en ayant aussitôt demandé la cause : « N'en cherchez point d'autres, lui dit elle, que l'opiniâtreté de votre fille et la résistance à nos volontés. » Dans un moment la fureur de l'épouse passe dans le cœur de l'époux : il sort brusquement de la chambre de la mère, entre dans celle de la fille, lui décharge un si grand soufflet, qu'il la renverse par terre à deux ou trois pas de lui, et sort tout fumant de colère.

On commence à apercevoir pourquoi Elisabeth de Ranfaing a été appelée *Elisabeth de la Croix.* On n'apercevra pas moins, dans la suite, pourquoi le grand archidiacre d'Evreux, qui nous a donné sa vie, l'a intitulée, *le Triomphe de la Croix* (1).

La sainte fille eut bien de la peine à se relever. A la vue d'une image de Jésus-Christ attaché à la croix, ses forces se ranimèrent : elle fut, je ne dis pas consolée, mais charmée de se voir livide et meurtrie, comme l'avait été ce Dieu Sauveur

_____

(1) Henri-Marie Bourdon. Quand j'écrivis sa vie, je ne connaissais que celle qu'il nous avait donnée d'Elisabeth de la Croix. Les dames du Refuge de Nanci ont eu la bonté de m'en envoyer une autre, qui a été imprimée à Avignon en 1735. Il y a plus de faits, et elle est moins chargée de réflexions, quoiqu'il y en ait autant qu'il en faut pour nourrir la piété.

qui, du plus beau des enfants des hommes, était devenu un ver de terre et semblable à un lépreux. O mon Jésus ! s'écria-t-elle, je suis au comble de mes vœux ! j'ai enfin, à votre exemple, perdu cette beauté dont on m'a si souvent flattée, et que j'ai toujours regardée comme un obstacle à mon bonheur. En effet, sa beauté lui était à charge depuis long-temps, et elle se donnait plus de mouvement pour l'effacer, que les autres ne s'en donnent pour cultiver la leur ou pour en emprunter d'ailleurs. Ainsi, quand elle vit que les coups avaient fait sur son visage ce qu'elle n'avait pu y faire elle-même, soit en y mettant de l'eau chaude, soit en s'approchant de la fumée, elle crut que désormais personne ne la rechercherait en mariage, et que ses parents mêmes, dégoûtés d'elle, lui permettraient de n'avoir plus d'autre époux que celui des vierges.

Elle n'en douta presque plus quand elle vit la manière ignominieuse dont sa mère la traita aussitôt qu'elle eût recouvré ses forces. Son premier soin fut de la couvrir de haillons. Dans cet humiliant équipage, elle la mena elle-même dans les rues les plus fréquentées de la ville, et pour lui faire boire le calice jusqu'à la lie, elle la présenta aux personnes les plus qualifiées comme une fille qui avait perdu l'esprit.

Elle ne l'avait jamais eu plus paisible, plus présent à Dieu. Dans tout le cours de cette marche déshonorante, elle se rappela celle qu'avait faite autrefois son divin époux, lorsque, vêtu d'une robe de dérision, il fut conduit par les rues de Jérusalem comme insensé, et exposé comme elle, et plus qu'elle, aux huées de la multitude. Le plaisir de lui ressembler l'animait, et elle croyait apercevoir l'heureux moment où il lui serait enfin permis de n'être plus qu'à son bien-aimé.

Il s'en fallut beaucoup que son calcul ne fût juste. Sa mère, toujours entêtée d'une belle alliance, lui dit, d'un ton d'arrêt, que son père et elle avait pris leur parti, qu'on était résolu de la marier, et que ce jour même il fallait signer les articles du contrat. Cette annonce inattendue fut pour elle un coup de foudre. Son visage changea de couleur, ses yeux versèrent un torrent de larmes; mais tout fut inutile; et son silence, dont un père emporté et une mère qui ne l'était pas moins lui imposaient la loi; fut pris pour un consentement. Ainsi, à l'âge de quinze ans, elle se vit promise malgré elle à un gentilhomme nommé François Dubois, capitaine d'Arches et gouverneur de la Vosge. Il était âgé d'environ cinquante-sept ans, et il n'y avait pas long-temps qu'il avait perdu sa première femme.

Cependant Elisabeth eut encore un rayon d'espérance. Mais, hélas! qu'il fut trompeur, et qu'il lui coûta cher! Comme le bruit courait dans toute la ville qu'elle ne se mariait que contre son inclination, le sieur Dubois voulut s'en éclaircir avec elle ; et, d'un air qui annonçait la sincérité, il la pria de lui dire au vrai ce qui en était, l'assurant qu'il ne voulait point du tout la contraindre, et qu'il saurait bien dégager sa parole, sans causer de déplaisir, ni à sa famille, ni à elle. La jeune Elisabeth, qui jugeait de la candeur d'autrui par la sienne propre, et qui se crut exaucée du ciel, lui avoua ingénuement que la seule idée du mariage lui faisait horreur, qu'elle n'avait ni goût ni inclination pour aucun homme, et que son unique désir était de se consacrer à Dieu dans un monastère pour le reste de ses jours. A ces paroles, qu'elle croyait devoir être reçues avec autant de simplicité qu'elle en avait eu à les dire, Dubois se retira brusquement sans dire un seul mot, bien résolu d'apprendre *à cette jeune insensée* qu'on n'en usait pas ainsi avec un homme de sa condition. Mais ses amis ayant arrêté cette première fougue, il réserva sa vengeance à un temps plus commode. Le mariage se fit enfin, et la triste Elisabeth, en présence d'un père dont elle connaissait l'emportement, prononça ce *oui* funeste qui fut pour elle la source de tant de larmes, mais qui, par le saint usage qu'elle sut faire de ses malheurs, fut en même temps pour elle la source d'une infinité de mérites.

Comme le premier devoir d'une femme solidement chrétienne est d'aimer son mari en Dieu et pour Dieu, et qu'il est bien difficile d'aimer un homme qu'on n'a pris que malgré soi ; une des premières choses que fit la vertueuse Elisabeth, fut de demander instamment à Dieu la grâce d'aimer le sien. « C'est vous, lui disait-elle, en fondant en larmes au pied de son oratoire, c'est vous, Seigneur, qui me l'avez donné, c'est votre providence toujours adorable, parce qu'elle est toujours juste, qui m'a attachée à lui par des liens indissolubles : c'est à vous de me le faire aimer. Vous ne voudriez pas que j'en fusse séparée de cœur et d'affection : daignez donc faire tomber, par votre main toute-puissante, le mur de division qui m'empêcherait de m'unir à lui, comme je dois, par un amour sincère et persévérant. Je vous en conjure par l'intercession de cette mère toujours Vierge, qui aima si cordialement son époux. »

Une prière si juste, si fervente, méritait d'être exaucée; elle le fut à l'instant : Elisabeth se trouva comme un cœur nouveau; et elle sentit un amour aussi tendre pour son mari, que s'il eût été le plus aimable des hommes; mais un amour qui, dégagé de toute idée charnelle, n'allait à l'homme que pour se rapporter à Dieu. De-là naissait en elle un respect profond, une obéissance sans bornes, une complaisance qui allait jusqu'au prodige. Le sieur Dubois parut d'abord y répondre, et connaître tout le prix de sa conquête. Il reçut avec joie les compliments sincères qu'on lui en fit de toutes parts; il la célébra par des fêtes; et comme son emploi lui donnait un rang supérieur à Arches, il y fit rendre, dans une entrée solennelle, de grands honneurs à sa nouvelle épouse. Mais ce qui n'arrive que trop souvent à un grand nombre de mariages, et à ceux surtout où les parents consultent moins Dieu que leur ambition, ne manqua pas d'arriver: ces premières douceurs ne furent qu'un éclair, qui n'a pas plus tôt brillé, qu'il est suivi du tonnerre et de la foudre. Et si jamais on donne l'histoire des maris fameux par leur barbarie (l'histoire, qu'un volume n'épuisera pas), le sieur Dubois y fera un personnage distingué : heureusement, et grâces aux prières de son épouse, il ne le soutiendra pas jusqu'à la fin.

Je ne suivrai pas ce monstre dans toutes les horreurs dont il se rendit coupable ; il est des détails qui coûtent à l'humanité. Je me contenterai donc de me transcrire moi-même, et de répéter ici ce que j'en ai dit dans un ouvrage (1). Le voici, on peut compter que ce n'est qu'un très-faible abrégé.

Au bout de quelques mois, la scène changea.

---

(1) Voyez la Vie de Henri-Marie Bourdon, tome II, page 57 ou page 227 de la nouvelle édition, qui est en un seul volume.

L'affection feinte ou réelle du nouveau mari disparut, et rien ne fut capable de la ramener. Ni la douceur, ni la complaisance, ni les grâces de sa femme, ne purent toucher ce cœur indomptable. Il n'eut pour elle qu'une aversion pleine de mépris. Il donnait à d'autres, et sous ses propres yeux, les marques de tendresse qu'il lui dérobait. Malgré son habileté connue, il lui ôta la conduite de sa maison, pour la livrer à des valets et à des servantes, qui, à la vue de leur maîtresse, faisaient une dissipation épouvantable. Son mépris devint colère, et sa colère fureur brutale. Tantôt, malgré la délicatesse de sa victime, il lui faisait faire, comme à la plus vile des servantes, deux ou trois lieues à pied, pour lui aller chercher des bagatelles dont il prétendait avoir besoin. Tantôt, et presque à la veille de ses couches, il la faisait monter sur des chevaux que de bons cavaliers n'auraient essayés qu'avec précaution, et dont il n'eût pas osé se servir lui-même. Il est vrai que ces animaux, oubliant sous sa main leur férocité naturelle, semblèrent, plus d'une fois, connaître et respecter la charge qu'ils portaient. Mais il n'en est pas moins vrai que tous ceux qui la voyaient tremblaient pour elle; et qu'il n'y avait que sa confiance en Dieu qui pût la soutenir. Elle en eut besoin plus que jamais dans une occasion dont je vais parler, et où elle fut à deux doigts de sa perte. Un jour il prit fantaisie à son mari de la mener à Arches, dans un temps où le ciel fondait en eaux (1). Les torrents multipliés, les ravines, les débordements, rendaient les chemins impraticables. La fidèle, la courageuse Elisabeth, n'ouvrit pas la bouche ! pour représenter à ce tyran, aussi bizarre qu'inhumain, le contretemps de son voyage. Elle fut prête à partir au premier ordre, et monta le mauvais cheval qu'il lui commanda de prendre, pendant qu'il se choisissait le meilleur de son écurie. Le premier ruisseau qui se présenta était très-rapide et très-débordé. Dubois, à l'aide de sa monture, qui était forte et vigoureuse, le passa sans beaucoup de difficulté : la pauvre Elisabeth, obligée de le suivre sur une misérable rosse, fut entraînée avec elle par le courant. A cette vue son mari, au lieu de voler à son secours et de lui tendre la main, éclate en injures ; il la charge d'imprécations ; il crie qu'il est bien malheureux d'avoir une femme qui lui donne chaque jour de nouveaux chagrins. Cependant les eaux l'emportent, elle est déjà bien loin, et c'en était fait d'elle, si un charitable étranger, que la Providence lui avait menagé, ne s'était jeté au milieu du torrent pour l'en retirer, et ne lui eût sauvé la vie au péril même de la sienne. Echappée comme par miracle des mains de la

---

(I) Voyez la nouvelle Vie de la vénérable mère Elisabeth de la Croix, où cet évènement est bien développé.

mort, elle aurait naturellement dû être reçue en celles de son mari, sinon avec tendresse, du moins avec ces sentiments d'humanité dont un inconnu venait de lui donner un si bel exemple. Mais vous eussiez dit qu'il était fâché de l'avoir recouvrée. Il la voit sans émotion, presque morte de frayeur, saisie de froid, trempée depuis les pieds jusqu'à la tête, et portant sur son visage la paleur de la mort; et, sans lui donner le temps de reprendre ses esprits, de réchauffer son corps glacé, ni de sécher ses habits, il la fait remonter à cheval, et la tient encore durant trois heures en pleine campagne, pendant un déluge de pluie. Que faisait mon adorable Sauveur, que faisait votre amante pendant ce rigoureux martyre? Vous le savez, Seigneur, elle levait tendrement les yeux sur vous : elle unissait sa croix à la vôtre, et renouvelait la promesse qu'elle avait faite si souvent, d'être, à votre exemple, obéissante jusqu'à la mort.

Mais ce n'était pas seulement son impitoyable mari qui l'exerçait d'une manière si cruelle. Le reste de la maison réglait sa conduite sur celle du maître. Une belle-fille, à qui elle faisait quelquefois de ces leçons que la charité dicte, et que les plus sages ménagements assaisonnent, la traitait de la façon la plus atroce. Les domestiques, qui la plaignaient quelquefois, l'insultaient encore plus souvent. On lui donna un bouillon empoisonné ; et comme son mari voulut qu'elle montât à cheval, elle se trouva sur la fin de la journée, dans un état qui fit craindre pour sa vie. Ce fut alors que Dubois sembla enfin connaître le prix de son épouse. Il poussa des sanglots, et versa pour la première fois des larmes. Elisabeth, mourante, jeta sur lui un regard plein de tendresse, et plus touchée de son affliction que de ses propres douleurs, elle pria Dieu de lui rendre la santé. Mais elle était encore très-faible, quand son bourreau, qui parut se repentir d'un mouvement de compassion, la fit monter à cheval, où elle ne se soutint qu'à l'aide d'un homme qui marchait continuellement à ses côtés. Toute la ville de Remiremont fut indignée d'une si étrange conduite. On déplorait le sort d'une femme si accomplie et si malheureuse. On déclamait hautement contre ce mari furieux : il fut menacé de la justice ; mais semblable à ce juge dont parle l'Évangile, il ne craignait ni Dieu, ni les hommes. Pour ce qui est d'Elisabeth, jamais elle n'ouvrit ses lèvres au murmure et aux plaintes. L'innocente brebis adora en silence celui qui s'est laissé immoler sur le calvaire, sans faire autre chose que de prier pour ceux qui le persécutaient ; et elle se crut bien honorée d'avoir part au calice dont il fut enivré. Les mauvais traitements ne servirent qu'à redoubler sa complaisance pour celui dont elle les recevait. La volonté, les insinuations même du tyran, furent toujours la règle de ses démarches. Elle avait un attrait infini pour les austérités, elle n'en fit que de son consentement. Sa santé était et devait être très-faible ; malgré cela, l'été comme l'hiver, qui est rude dans les Vosges, elle le suivait partout où le demandaient ses affaires, et quelquefois son caprice. La goutte le retenait jusqu'à des cinq ou six mois au lit ; la charité retenait son épouse auprès de lui, et les plus bas, les plus humiliants services ne lui coûtaient rien.

Enfin, elle vient à bout de l'adoucir, et par elle, la croix triompha de ce monstre, qui, jusque-là, n'avait pas connu les apparences de l'humanité. Peu à peu il perdit l'habitude de jurer ; et insensiblement, on trouva en lui un modèle de patience qui souffre tout sans émotion ; un homme de miséricorde, toujours prêt à soulager l'indigence, sans permettre qu'elle languisse un moment à sa porte ; un serviteur si dévoué à la mère de Dieu, qu'il ne sortait plus de la maison sans avoir salué et invoqué cette auguste protectrice devant une de ses images. Ce fut dans cet état que Dieu l'éprouva, et son épouse avec lui.

Ni les mauvais traitements, ni les austérités volontaires, n'avaient pu altérer la beauté que la nature lui avait prodiguée. Un seigneur accrédité, sur le portrait qu'on lui en fit, en devint passionnément amoureux. Après bien des efforts inutilement hasardés pour l'entretenir à son aise, il résolut de lui susciter une affaire, qui devait natu-

rellement la forcer de paraître a la cour. Son mari
fut accusé de concussion , dégradé de tous ses titres d'honnèur , dépouillé de son gouvernement ,
privé par confiscation d'une partie de tous ses
biens. Pour remédier à tout , il ne fallait qu'un
voyage d'Elisabeth à Nancy ou à Lunéville. Cent
bouches apostées le lui répétaient sans cesse. Mais
elle connaissait le piége , elle aima mieux tout
perdre que d'en courir les risques ; et son époux
mourut en bénissant la main qui l'humiliait dans
sa miséricorde. Lui rendit-elle la vie afin qu'il pût
recevoir les derniers sacrements ? C'est ce que
plusieurs personnes dignes de foi ont assuré (1) ,
et ce que confirme encore son dernier historien (2).
Mais des faits pareils semblent demander un examen juridique. Après tout , une vie comme la
sienne , et les ferventes prières qu'elle fit à la
mère de Dieu , son asile ordinaire , ne la
mettaient-elle pas en droit de triompher de la
mort?

Elle avait été un modèle de vertu dans les
liens du mariage. Elle fut un modèle de vertu
dans son état de viduité ; enveloppée et comme
perdue , à l'âge de vingt-quatre ans , dans un la-

---

(1) Le Triomphe de la Croix, page 5I.

(2) Vie de la vénérable mère Elisabeth de la Croix, page 65
et suivantes.

byrinthe d'affaires épineuses, chargée de trois filles qui commençaient à croître, poursuivie d'une foule d'adorateurs, qui, par un second mariage, voulaient partager avec elle leur crédit et leur fortune; elle eut, plus que personne, besoin de grâce et de vigilance, pour être du nombre des veuves que Paul canonise. La piété qui, selon le même apôtre, est bonne à tout, la mit en état de faire face à une partie des peines qui l'environnaient, et de supporter les autres en esprit de paix et de soumission. *C'était*, et je ne le dis que d'après elle, *c'était à coups de bâton* qu'on l'avait forcée de prendre un mari; la noblesse et les biens de ceux qui voulurent le remplacer, ne firent point d'impression sur elle; et, malgré les avis mendiés de quelques religieux qui sortaient des bornes de leur profession, Jésus-Christ fut le seul époux qu'elle voulut avoir.

Sans fatiguer ses filles par des avis continuels qui rebutent, ou par des termes pleins d'aigreurs qui déconcertent, elle sut en faire des vierges chrétiennes. Elle leur permit d'être propres, parce que leur condition l'exigeait; mais jamais elle ne leur permit d'être moins modestes, parce que l'Evangile le défend. Par ses soins et par ses attentions charmantes, elle leur fit trouver dans sa compagnie une joie innocente et pure qu'elles ne goûtaient point ailleurs. Jamais d'entretiens avec les valets, très-rarement avec les filles de service, point du tout avec les personnes de leur sexe même et de leur âge, à moins qu'elles ne fussent d'une vertu exemplaire. Faut-il après cela s'étonner si ces trois demoiselles ont voulu, sans attendre le soir, consommer dans le cloître le sacrifice qu'elles avaient commencé de si bon matin.

Les domestiques, si souvent négligés par leurs maîtres, furent aux yeux de sa foi un dépôt dont elle devait répondre ; aussi n'omit-elle rien pour les former à la piété. Elle présidait à leurs prières, les menait à l'église, les disposait à recevoir les sacrements, les reprenait avec douceur, et toujours en très peu de mots. S'il fallait enfin les congédier, elle leur payait l'année entière de leurs gages ; et quand c'était à l'entrée de l'hiver qu'elle était obligée d'en venir à cette extrémité fort pénible à un cœur comme le sien, elle faisait quelque chose de plus pour leur adoucir une partie des rigueurs de la saison.

Malgré les embarras de ce nouvel état, la pieuse veuve était dans une situation bien plus douce que celle qui l'avait si long-temps exercée, soit dans la maison paternelle, soit pendant le règne de son mari ; mais elle était née pour les croix du premier ordre ; et à peine y avait-il vingt mois que son époux était mort, qu'il lui en survint une dont les Annales de l'église fournissent peu d'exemples. La crainte de fatiguer l'imagination de la jeunesse, pour qui j'écris principalement, m'oblige de la supprimer. Je dirai seulement qu'elle fut, pendant plus de six années, dans le plus cruel état qu'on puisse imaginer, et que ce fut en conséquence d'un pèlerinage qu'elle fit à Chartres et à Notre-Dame de Liesse, qu'elle fut entièrement guérie.

Rendue à elle-même, elle s'occupa sérieusement du dessein qu'elle avait toujours eu de se consacrer à Jésus-Christ dans la religion. La mère Alexis, fondatrice des religieuses de la congrégation de Notre-Dame, nouvellement établie à Nancy, à qui Elisabeth avait confié l'éducation de deux de ses filles, et qui, dans les fréquents entretiens qu'elle avait avec elle, ne se lassait point d'admirer ses vertus, n'oubliait rien pour l'engager dans son institut. Mais comme elle demandait à Dieu cette grâce avec beaucoup d'instance, une illustration céleste lui fit connaître que la sainte veuve était destinée à un autre emploi, et que le ciel voulait s'en servir pour retirer du crime ces malheureuses esclaves du démon, qui cherchent, dans le plus infâme trafic, un remède qu'elles pourraient, comme un millier d'autres, trouver dans un travail assidu. L'occasion s'en présenta bientôt; et une demoiselle de Montigay lui en ayant présenté trois, elle les reçut avec une bonté dont elles furent enchantées. La manière dont elle les traita, lors même qu'elle eût découvert que pour avoir du vin elles l'avaient volée, les toucha encore plus. En peu de temps le bruit de son excessive charité pour ces brebis égarées lui en attira jusqu'à vingt. Elle était bien persuadée que plusieurs d'entre elles y venaient moins pour servir Dieu que pour se soustraire à la nécessité. Mais, n'importe, disait-elle, c'est une occasion que le Seigneur nous donne de les faire rentrer en elle-mêmes et de leur inspirer des pensées de salut ; c'est à nous de faire ce que nous pourrons par tous nos soins, et Dieu fera le reste par sa miséricorde.

Le démon, qui sentit bien par ces commencements la perte qu'il allait faire si elle venait à bout d'exécuter son projet, lui suscita des contradictions de tous côtés. Mais comme elle savait que les traverses sont le caractère distinctif des œuvres de Dieu, elle continua son chemin, et elle eut bientôt la consolation de voir son dessein approuvé par les deux puissances. Jean de Porcelets de Maillance, évêque de Toul, fit publiquement l'éloge de cette femme vraiment forte, qui sacrifiait tout, et qui, comme saint Paul, se sacrifiait elle-même pour peupler la bergerie de Jésus-Christ ; et par un acte de dernière volonté, il légua dix mille livres pour ce nouvel établissement. Charles IV, duc de Lorraine, se fit un plaisir de le confirmer par ses lettres patentes du 10 de décembre 1627 ; et le 1er janvier 1631, on donna l'habit de la religion à treize novices, à la tête desquelles étaient notre vertueuse Elisabeth et ses trois filles ; mais elles ne firent profession qu'en 1634, parce que ce ne fut que cette année là que l'institut fut muni, par Urbain VIII, du dernier sceau de l'autorité ecclésiastique.

Il serait impossible de détailler les biens que ce saint ordre, à qui l'on a si justement donné le nom de *Notre-Dame-de-Refuge*, a produits. Il n'y a que vous, mon Dieu, qui sachiez combien il a contribué à votre gloire, au salut des âmes, à l'extirpation des vices, et surtout de celui de l'impureté, qu'on peut appeler le plus commun, le plus dangereux, le plus funeste à tous les âges et à toutes les conditions. La renommée, qui publia bientôt les fruits de bénédiction qui en naissaient, fit qu'on demanda en plusieurs endroits de ces saintes religieuses. Le vice-légat d'Avignon fut le premier qui en souhaita. Elisabeth, après avoir recommandé l'affaire à Dieu, et consulté, à son ordinaire, ceux qui la dirigeaient, se mit en marche avec deux de ses filles, qui, toutes se munirent comme elle, du pain des forts avant leur départ. Leur voyage fut toujours saint, mais il ne fut pas toujours exempt d'inquiétude. Un vent impétueux s'étant élevé sur le Rhône qu'elles descendaient en bateau, l'agitation de ce fleuve rapide fut si violente, qu'elles craignaient à tout moment d'être englouties dans ses flots. Elisabeth, toujours tranquille, invoqua le secours de celle que l'église nomme l'*Etoile de la mer;* elle récita, avec ses compagnes, les litanies de la sainte Vierge; et malgré l'orage et les fureurs de l'aquilon, elle arriva heureusement au terme de son voyage.

La maison qu'on leur avait destinée était bien la chose du monde] la plus pitoyable ; pauvre, étroite, incommode, très-mal meublée, elle avait tout l'air de l'étable de Bethléem. Cette vue, qui en aurait dégoûté d'autres, les remplit de consolation ; et la généreuse Elisabeth ne douta point qu'une maison si semblable à celle où le fils de Dieu a bien voulu naître, ne fût une maison de bénédiction. L'évènement a vérifié la conjecture, et les biens qui se font continuellement dans cette sainte retraite, la vérifient encore tous les jours. Mais ce détail si glorieux pour la vénérable mère Elisabeth, et si consolant pour la religion, nous mènerait trop loin.

Ce que nous ne pourrions omettre sans manquer à un point capital, c'est que cette vertueuse dame possédait dans le plus haut degré tous les talents nécessaires pour réussir dans le pénible emploi dont la Providence l'avait chargée. Son amour pour Dieu, amour qui prit possession de son cœur dès ses plus tendres années, n'avait de bornes que celles de l'impuissance humaine ; biens, honneurs, beauté, tout ne fut à ses yeux que de la boue en comparaison du Créateur. « O Dieu, s'écria-t-elle en poussant des soupirs enflammés, ô Dieu de mon cœur ! que vous êtes bon à ceux qui vous aiment ! Un demi-quart d'heure de vos consolations vaut infiniment mieux que

tout ce que le monde entier pourrait procurer de
délices et de plaisirs dans l'espace de mille années. »
Mais que de vertus devait produire cette charité,
qui est la reine de toutes les autres ! Un de ses
effets les plus marqués fut un désir insatiable
d'établir le règne de Dieu dans les âmes, et d'y
détruire l'empire du démon en y détruisant le péché. Il n'y avait rien qu'elle ne souffrît pour y
réussir. Les gibets et les plus affreux supplices
l'effrayaient moins que la plus légère offense de
son Dieu. « Oui, disait-elle, j'aimerais mieux des-
cendre toute vivante en enfer que d'en commettre
une seule de propos délibéré. »

L'image de Jésus-Christ attaché à la croix, et
qui n'y a été attaché que pour expier nos fautes,
contribuait beaucoup à nourrir en elle ces grandes
idées. Mais comme elle savait que le fils et la
mère ont de trop étroites liaisons pour être séparés,
elle les réunissait dans la même dévotion; et la
très-sainte Vierge était, après l'Homme-Dieu, le
plus doux, le plus tendre objet de ses affections.
C'était elle qui, dans le sein de ces humiliantes
disgrâces dont nous l'avons vue accablée, soit
dans la maison paternelle, soit dans celle de son
mari, était sa ressource et sa consolation. C'était
l'astre qui la guidait dans ses voyages, la lumière
qui l'éclairait dans le plan et l'exécution de ses
entreprises, la maîtresse qui l'instruisait de ses
devoirs, l'avocate qui soutenait ses intérêts auprès
de son fils. Aussi s'efforça-t-elle de mériter ces

faveurs par une fidélité constante à toutes les pratiques qui pouvaient les lui obtenir. Toutes celles
que l'église approuve, comme le chapelet et le
petit office, étaient de son goût ; et quand, après
ces fatigantes discussions qui lui prenaient souvent la journée tout entière et une grande partie
de la nuit, il ne lui serait resté qu'une demi-heure
pour prendre un peu de repos, elle l'aurait sacrifié
à *sa chère maîtresse* ; c'était son mot, puisse-t-il
être le nôtre !

Mais, et je l'ai dit plus haut, son zèle pour le
salut de ces pauvres infortunées qui avaient eu le
malheur de faire naufrage, fut une des plus grandes grâces qu'elle ait reçues du ciel. Non, la mère
la plus tendre n'a pas plus d'affection pour ses
plus aimables enfants qu'elle n'en avait pour elles.
On ne pouvait voir, sans une vive et douce émotion, la joie dont elle était transportée, quand il
se présentait quelques-unes de ces malheureuses
victimes de l'indigence et du libertinage, l'empressement avec lequel elle leur ouvrait les portes
du Refuge, l'air de douceur avec lequel elle les
accueillait malgré l'horreur naturelle qu'elle avait
de ces sortes d'objets. Ces créatures sales et dé-
goûtantes, sans linge et tout en désordre, cou-
vertes de haillons et de vermine, lui étaient aussi
chères que ses propres enfants. Elle ne se reposait
sur personne du soin de les mettre dans un état
décent, elle les servait elle-même, et les faisait
servir par ses trois filles. A l'aide de cette pre-

mière charité qui ne regardait que le corps, elle
s'insinuait dans leurs âmes, dont l'état était encore
plus déplorable. Bientôt, dans les entretiens
qu'elle avait avec elles, et où le feu des expressions était toujours tempéré par la tendresse, elle
leur découvrait toute l'horreur de leur vie; et
ouvrant à leurs yeux cet étang de feu et de soufre,
où leurs pareilles ont été précipitées, elle leur
inspirait un salutaire repentir de leurs dérègle-
ments. De leurs yeux sortait un torrent de larmes
qui détournait le torrent de la justice de Dieu; et
la piété régnait enfin dans des cœurs où le désordre et l'horreur semblaient avoir fixé leur do-
micile.

Ce n'est pas que la vertueuse mère ait toujours
moissonné dans la joie ce qu'elle avait semé dans
les pleurs. Le démon de l'impureté, qui, selon
l'ange de l'école, est le plus opiniâtre de tous,
rentra plus d'une fois dans la maison qu'il semblait avoir quitté. Mais les traits de justice que
Dieu exerça à l'égard des unes, furent des traits
de miséricorde pour les autres; et toute la ville
de Nancy a su qu'une Flamande qui avait promis
à Élisabeth de changer de vie, en cas que par ses
prières elle lui obtînt la guérison d'un mal qui
était le fruit de ses débauches, étant, contre sa
promesse, sortie du Refuge, fut à l'instant même
frappée de la même maladie, et en mourut peu
de temps après.

Je ne parlerai point des nouvelles persécutions

que la calomnie excita contre elle et contre une de ses filles. On souffre quand on voit la vertu la plus pure, si long-temps et si constamment outragée. Mais c'est qu'on oublie trop aisément le principe de notre divin maître, qu'heureux sont ceux qui sont avilis, comptés pour rien et chargés d'injures; parce que c'est à eux que le royaume des cieux appartient. Elisabeth ne perdit jamais de vue cette maxime capitale, et il y a sans doute bien des années qu'elle en éprouve la vérité. Les peines qu'elle avait essuyées pendant une bonne partie de sa jeunesse, les mouvements qu'elle ne cessait de se donner pour former à la plus solide vertu les trois différents états qui composent sa maison, les austérités qu'elle employait pour obtenir de Dieu une grâce d'un si haut prix, tout cela ne pouvait manquer d'épuiser une personne qui depuis long-temps ne vivait que par miracle.

Il parut, dès le mois de juillet de l'an 1643, que le Dieu fidèle voulait enfin la couronner. Ses forces diminuèrent considérablement : elle eut souvent des douleurs de côté fort aiguës, quelquefois même des convulsions.

Son courage, que les grandes épreuves avaient affermi, la soutint pendant près de quatre mois. Mais enfin, pressée par les instances de ses religieuses, il fallut se mettre au lit la surveille de la Toussaint, jour de sa naissance. Dès ce moment elle annonça sa mort, et jeta la consternation dans le cœur de toutes ses filles. Quelques jours après, elle les fit assembler dans sa pauvre cellule, et, les yeux baignés de larmes, elle leur dit, dans l'attitude la plus humiliée : Mes chères filles, je vous demande très-humblement pardon de la mauvaise édification que je vous ai donnée, et de mon peu de charité. Mais en me pardonnant mes fautes, priez, je vous supplie, le père des miséricordes de me les pardonner.

Sa maladie, qui tira en longueur, ne servit qu'à confirmer l'idée générale qu'on avait de sa vertu. Jamais il ne lui échappa une parole de plainte, jamais il ne parut d'émotion sur son visage, si ce n'est quand on lui donnait des louanges qui offensaient son humilité. Toujours attentive aux besoins de ses sœurs, saines ou malades, dont elle s'informait exactement, jamais elle ne s'avisa de penser à ses propres besoins. Ce fut dans ces heureuses dispositions et dans des sentiments continuels d'amour, qu'après avoir prédit bien distinctement le jour de sa mort, elle reçut les derniers sacrements, et rendit à Dieu, la nuit du 13 au 14 janvier 1649, une des âmes les plus saintes et les plus constamment éprouvées qui aient jamais été.

Elle fut assistée dans ce dernier passage par messire Antoine d'Alamont, prêtre d'une naissance illustre (1), mais d'une vertu bien supé-

(1) Il était issu, par son père, des comtes d'Alamont, et, par Madeleine de Lénoncourt sa mère, d'une maison dont le seul nom porte avec soi son éloge.

rieure à sa naissance, et qui, par un engagement d'autant plus glorieux à la congrégation de Notre-Dame, qu'il est peut-être sans exemple, avait fait un vœu public de travailler toute sa vie au service de la Maison du Refuge et au maintien de son pieux institut; vœu que fit aussi M. l'abbé de Resnel, conseiller d'état de son altesse le duc de Lorraine.

Je croirais faire tort au plus insensible lecteur si je supposais qu'il ne vît pas du premier coup d'œil les grandes instructions que lui fournit la vie de cette respectable mère. La mortification, l'obéissance à ses parents, la plus invincible patience dans un mariage forcé, le plus respectueux attachement pour un tyran travesti en époux, sa conversion obtenue par les larmes et par la prière; une ample fortune sacrifiée à la pureté; la plus pieuse et la plus charmante éducation donnée à trois filles qui ont marché sur les traces de leur mère; une juste et douce vigilance sur les domestiques; enfin, un zèle ardent pour établir le règne de Dieu dans des cœurs asservis depuis long-temps à l'empire de son ennemi : tel est en raccourci le grand tableau qu'offrira toujours Elisabeth de la croix. Tous les états ne peuvent pas l'imiter; mais il n'y a point d'état dans le monde ou hors du monde qui n'y trouve beaucoup à profiter.

HISTOIRE

LA BONNE ARMELLE.

Dieu a des élus dans tous les états. Le sceptre et les emplois donnent plus de lustre aux vertus des grands ; la houlette et la servitude n'ôtent rien à leur solidité. Ainsi, après avoir célébré la mémoire des Mélanie, des Eudoxe, des Adélaïde, nous pouvons célébrer celle d'une pauvre villageoise, qui, dans le dernier siècle, s'est fait un nom immortel, en ne travaillant qu'à s'anéantir devant Dieu, et à se faire oublier des hommes.

Cette fille de bénédiction vint au monde le 19 septembre 1606, dans la paroisse de Campeneac, au diocèse de Saint-Malo, et elle fut nommée

Armelle (1) sur les fonts de baptême. Georges Nicolas, son père, et Françoise Néant, sa mère, ne vivaient qu'avec peine du travail de leurs mains ; mais ils craignaient Dieu, et ils se firent un point capital de donner à leur fille une éduca- tion chrétienne. Elle en profita dès sa plus tendre enfance ; et tout le temps qu'elle fut occupée à garder les troupeaux, c'est-à-dire, jusqu'à l'âge de vingt ou vingt-deux ans, elle fit éclater une grande innocence de mœurs, une piété vive, une tendre dévotion à l'image de Jésus-Christ crucifié, et à la très-sainte Vierge, un attrait particulier pour le silence et la retraite, un goût décidé pour la prière, et un zèle admirable pour le soulage- ment des âmes du purgatoire.

Elle fit des préparations extraordinaires pour sa première communion. Mais aussi elle y goûta si pleinement combien le Seigneur est doux envers ceux qui s'unissent à lui dans le sacrement de son amour, qu'elle aurait voulu, s'il eût été possible, ne passer aucun jour sans y participer.

Comme les occupations de la vie champêtre, et l'éloignement des églises ne lui permettaient pas

----

(1) Il y eut en Bretagne deux saints qui ont porté le nom d'Armel ; l'un abbé, né vers l'an 482, et mort le 16 août 551, dont la ville de Ploermel, autrefois Plou-Armel, porte le nom ; l'autre qui fut fait évêque de Saint-Malo en 619, et auquel succéda saint Egnogat en 628.

même d'assister souvent à la messe, elle forma le dessein de se mettre en condition dans quelque ville voisine, où elle comptait avoir plus de facilité pour vaquer aux exercices de la piété chrétienne.

La Providence lui en ouvrit le moyen. Une demoiselle, qui avait eu occasion de la connaître, la demanda à ses parents pour avoir soin de son ménage. Ces bonnes gens, qui trouvaient plus de consolation dans Armelle que dans le reste de leurs enfants, n'y consentirent que parce qu'ils devaient de grands égards à celle qui la leur demandait. La maîtresse amena aussitôt sa nouvelle domestique à Ploermel, lieu ordinaire de sa résidence.

Jamais, à n'en juger que selon les apparences ordinaires, deux personnes n'ont dû être aussi contentes l'une de l'autre. Armelle faisait seule autant d'ouvrage qu'auraient pû en faire deux filles bien laborieuses; et avec cela elle trouvait le secret de suivre son goût pour la dévotion : elle entendait la messe tous les jours; elle approchait souvent des sacrements, et ne manquait guère de prédications. D'un autre côté, sa maîtresse, aussi édifiée de la piété éminente que charmée des bons exemples de sa domestique, avait pour elle ces bonnes manières qui consolent et qui adoucissent l'amertume d'un état toujours dur à la nature.

Malgré tant de bons traitements, Armelle ne

tarda pas à éprouver, dans la partie la plus intime de son âme, un fond d'ennui et de tristesse qu'elle ne pouvait définir. Ce dégoût, dont elle ne démêlait pas bien la cause, augmentait tous les jours ; et ce ne fut qu'avec beaucoup de peine, qu'ayant obtenu la permission d'aller consoler sa mère, qui venait de perdre son mari, elle retourna chez sa maîtresse pour la servir encore un an, comme elle s'était engagée. Ce terme fini, elle demanda son congé avec autant de douceur que de fermeté ; il fallut bien le lui accorder ; mais en la perdant, on crut, avec raison, avoir beaucoup perdu.

De retour chez ses parents, qui la reçurent avec bien de la satisfaction, elle comptait que la peine et l'inquiétude d'esprit qui l'avaient si fort gênée à la ville, ne la troubleraient point à la campagne. Mais elle se trouva bientôt dans l'état qu'elle avait cru quitter, et elle sentit qu'elle n'était pas où Dieu la voulait. Ce sentiment fut si vif qu'elle prit le parti de retourner à Ploermel ; et en moins de trois ou quatre mois, elle fit trois conditions, sans pouvoir se fixer à aucune ; quoiqu'elle convînt de bonne foi que, dans toutes, on avait pour elle les meilleurs procédés. Dans un autre, c'eût été légèreté ; et il y a bien de l'apparence que le monde en jugea ainsi : dans Armelle, ce fut une conduite particulière de Dieu, qui voulait faire marcher cette âme choisie par des chemins de croix, et la conduire à lui par la voie du rebut et des humiliations.

Une religieuse carmélite de Ploërmel lui pro-
posa d'aller servir sa sœur, qui était établie dans
cette ville. Elle ne lui dit pas, comme on avait fait
partout ailleurs, qu'elle ne serait gêné en rien ;
au contraire, elle lui déclara qu'elle aurait beaucoup de travail et d'occupation. C'était précisément
ce qu'elle cherchait : c'était aussi ce que Dieu
voulait d'elle. Un mouvement intérieur de la
grâce le lui fit connaître, et la proposition fut
acceptée.

Dès qu'elle fut entrée dans cette maison, toutes
ses peines intérieures se dissipèrent ; une paix
profonde succéda à ses inquiétudes, le calme rentra dans son âme. Le travail qu'on lui avait an-
noncé comme devant être fort pénible, et qui se
réduisit à être gouvernante des enfants de la maison, lui parut très-modéré. Les familles véritablement chrétiennes sont bien éloignées de
négliger le salut de leurs domestiques : dans
celle-ci on faisait tous les soirs là prière en commun, on y joignait une lecture de piété, et tout le
monde devait y assister. Rien n'était plus conforme
au goût d'Armelle. Mais comme il s'en fallait
beaucoup que cela suffît à la sainte ardeur
dont elle était dévorée, elle pria une des jeunes
demoiselles dont on l'avait chargée, de vouloir
bien lui faire de temps en temps quelque lecture
semblable, quand elle en aurait la commodité.
Celle-ci, qui était pleine de piété, se prêta volon-

tiers à ses désirs ; et un jour elle lui lut un livre qui traitait de la passion de notre Seigneur.

Le récit des souffrances de Jésus-Christ fit sur elle une impression si profonde, que dans le tumulte du jour, aussi bien que dans le silence de la nuit, elle en avait l'esprit sans cesse occupé. L'image du Sauveur, tantôt réduit à une sanglante agonie dans le jardin des Oliviers; tantôt traîné dans les rues de Jérusalem, et mené avec ignominie devant différents tribunaux ; tantôt attaché à la colonne, ou couronné d'épines ; tantôt enfin succombant sous le poids de sa croix, ou rendant sur le Calvaire les derniers soupirs; cette image si capable d'attendrir, se présentait continuellement à son esprit et beaucoup plus encore à son cœur. Mais ce qui la toucha plus vivement fut une lumière pénétrante que Dieu lui donna, et au moyen de laquelle elle découvrit clairement que c'était ses péchés et ceux du monde entier qui avaient rassasié d'un déluge d'opprobres son divin Maître, et qui enfin l'avaient attaché à la croix.

A cette pensée, son cœur fut touché, non plus simplement d'une tendre compassion pour cette adorable victime; mais d'un amour si violent pour son Rédempteur, et d'une si vive contrition de ses péchés, qu'elle en pouvait à peine soutenir le poids et la violence. Cet heureux mal, qu'elle avait ignoré jusqu'alors, et qui était le plus désirable de tous les biens, ne trouvait de soulagement que dans l'abondance des larmes qu'il lui faisait répandre. Cependant, dans la crainte qu'un sentiment extraordinaire ne fût une illusion de cet ange ténébreux qui se transforme en ange de lumière, elle crut devoir consulter un directeur éclairé. Celui à qui elle s'adressa dans le sacré tribunal, fut un père carme, homme fort spirituel, et très-versé dans les voies intérieures. Ce sage religieux ne crut pas devoir la rassurer d'abord parfaitement sur son état, ni lui en faire connaître le mérite et l'élévation; mais il la consola, l'exhorta à être fidèle à Dieu, et lui promit avec beauconp de bonté son assistance, toutes les fois qu'elle en aurait besoin. Armelle profita de cette permission, et ne voulut plus désormais se conduire que par la voie de l'obéissance. « Pourvu que je ne fasse pas ma propre volonté, disait-elle, il ne m'importe : arrive ce qui pourra, je ne me mettrai en peine de rien ; mais si une fois je fais ma volonté, je me tiens pour perdue. » Ainsi pensait l'illustre Thérèse. Quand on marche d'aussi près qu'Armelle sur les traces des saints, on a leurs sentiments, et, sans le savoir, on emploie jusqu'à leurs expressions.

L'amour de cette vertueuse fille pour Jésus-Christ souffrant, et la douleur qu'elle avait de ses péchés, ne firent que s'accroître pendant plus d'un an. Ce qui redoublait en elle l'ardeur de ses pieux sentiments, était une voix intérieure qu'elle entendait au fond de son cœur, et qui lui répétait sans cesse : « C'est l'amour que ton Sauveur t'a porté qui lui a causé toutes ses souffrances. » Ces paroles, si souvent réitérées, et les impressions qui en résultèrent, la firent tomber dans cet état d'une sainte langueur, que l'épouse des cantiques éprouva si bien, et qu'elle a si parfaitement décrit.

Mais à cet état qui, malgré ses peines, d'autant plus sensibles qu'elles sont toutes intérieures, a néanmoins ses douceurs et ses consolations, en succéda un autre, où il n'y eut pour Armelle que de l'absynte et du fiel. Cette fille, si pleine d'amour pour Dieu, si touchée des souffrances de Jésus-Christ, si affligée de ses péchés, qui avaient contribué à l'attacher à la croix, ne trouva plus en elle que des sentiments d'une espèce d'aversion pour Dieu. Attaquée d'un esprit de blasphême, elle était continuellement tentée d'en vomir contre le Seigneur, et contre l'adorable sacrement de nos autels. Insensible à la vue de ses péchés, qui jusqu'alors lui avaient fait verser tant de larmes ; également insensible aux souffrances de son Sauveur, qui depuis tant de mois étaient le sujet continuel de sa plus douce et de sa plus tendre méditation, elle se trouvait comme endurcie ; elle ne sentait au-dedans d'elle-même qu'un mépris décidé pour toutes les bonnes œuvres ; et l'enfer lui paraissait désormais devoir être son unique partage. Triste et désolante situation pour une âme qui a une fois goûté Dieu, et qui sent qu'elle doit, qu'elle veut même être à lui. Cependant cette rigoureuse épreuve dura six ou sept mois; et ce qui est plus affligeant, c'est qu'il n'y eut ni relâche ni interruption.

Son confesseur, à qui elle découvrait exactement tout ce qui se passait en elle, ne négligea rien pour la consoler et pour la fortifier. Mais son imagination était si troublée, et son intérieur si étrangement bouleversé par une foule de suggestions du démon, que quelquefois elle ne pouvait comprendre ce qu'on lui disait; et quand elle venait enfin jusqu'à le comprendre, c'était toujours sans effet pour son soulagement; mais, dans ce dernier cas, elle ne manquait jamais d'obéir malgré toutes ses répugnances; et ainsi elle approchait assez souvent de la sainte communion, mais par pure obéissance, et avec tant de peine, que, comme elle l'avoua depuis, elle aurait mieux aimé qu'on l'eût menée aux plus cruels supplices.

Enfin Dieu guérit la plaie qu'il avait permis à l'ennemi de faire. Une domestique, qui était sa compagne, et qui à beaucoup de vertu joignait beaucoup de compassion pour le triste état de cette tendre amie, lui dit un soir, avec un transport subit : « Courage, ma chère sœur, ne craignez point, car je viens présentement de voir notre Seigneur qui vous a prise sous sa protection. » Le prompt changement qui se fit dans Armelle prouva bien que ce n'était point là une imagination. La paix la plus intime succéda aux horreurs dont elle avait été si long-temps agitée. Il est vrai que l'enfer revint encore à la charge ; mais elle en soutint les assauts avec un courage et une tranquillité qu'elle n'avait point encore ressentis.

Ce n'était là que le prélude des faveurs qu'elle reçut du ciel quinze jours après ; car, étant à vêpres chez les révérends pères carmes, il se fit en elle une révolution avec des symboles extraordinaires, à la fin de laquelle elle se sentit toute autre ; et, comme si ses liens avaient été tout-à-fait rompus, elle commença à insulter son ennemi et à le provoquer au combat ; en même temps son cœur fut embrasé d'un amour si ardent pour Dieu que, transportée en quelque sorte hors d'elle-même, elle était dans une espèce d'aliénation. Le jour et la nuit dans la prière et dans l'action, en tout temps et en tout lieu, elle soupirait après son Bien-Aimé ; et, comme l'épouse du Cantique, elle lui donnait les noms les plus tendres. Son unique désir était de le posséder de manière à n'en être jamais séparée. « Mon Seigneur, disait-elle, ou ôtez-moi la vie, ou me dites en quel lieu je vous trouverai ; car je ne peux plus vivre sans vous.

Ces saintes ardeurs redoublèrent, surtout pendant le temps de carême, et Dieu sembla y mettre le comble le jour du vendredi saint ; car, ayant entendu une partie du sermon de la passion, elle fut si pénétrée de douleur que, n'en pouvant plus soutenir l'excès, elle fut obligée de sortir, de peur qu'on n'aperçût l'émotion qui s'était formée en elle. Rentrée à la maison, elle se prosterna le visage contre terre, s'anéantit devant la majesté infinie du Seigneur, lui demanda miséricorde pour le passé, s'offrit et se consacra à son service pour l'avenir, et fit vœu de chasteté perpétuelle. Ce fut alors qu'elle eut une vue claire et distincte que tous ses péchés lui étaient pardonnés, et que son cœur, dégagé de toute attache purement naturelle, jouit en paix du tendre, de l'unique objet de son amour. Mais le feu saint qui la dévorait fit sur son corps une impression si forte, qu'il lui occasiona une fièvre continue dont elle fut travaillée pendant cinq ou six mois.

Dieu, qui se plaît à éprouver les siens, permit que la maîtresse d'Armelle prît, de cette maladie, occasion de se refroidir à son égard, et même de la traiter avec la dernière rigueur. Elle se persuada que son mal ne venait que d'une imagination échauffée par des dévotions indiscrètes; et sur l'avis d'une demoiselle qui crut apercevoir que la tête de cette bonne fille commençait à s'affaiblir, elle la chargea de tous les travaux les plus grossiers de la maison, avec défense à sa compagne de la soulager. Je n'entrerai point dans le détail des grands et pénibles ouvrages qui lui furent imposés; il suffit de dire en deux mots qu'on exigea d'elle ce qu'on aurait eu peine à exiger d'un homme vigoureux. Cependant, quoiqu'il n'y eût jamais, de sa part, ni plainte, ni murmure, ni ombre du plus léger mécontement, elle n'en était pas mieux traitée. Ce n'était, de la part de sa maîtresse, que des reproches continuels ; rien n'était fait à son gré, tout allait de travers ; il semble que, dans ces jours de détresse, une bête de somme aurait été plus ménagée. Un jour que la force de la fièvre, augmentée par l'excès du travail, l'avait obligée de se coucher, parce qu'elle ne pouvait plus se soutenir, on la fit lever après une dure et sévère réprimande, attendu, lui disait-on, que c'était sa folie et sa fainéantise qui lui faisaient accroire qu'elle était malade ; et là-dessus on lui ordonna d'aller porter du fumier, sur sa tête, dans le jardin de la maison. Son confesseur, qui trouva enfin l'épreuve trop forte, lui dit un jour qu'elle pouvait sortir de sa condition. « Comment, mon père, répliqua-t-elle, voudriez-vous me conseiller de quitter et de fuir les croix que Dieu m'a envoyées ? Non, non, je ne le ferai jamais, si vous ne me le commandez absolument ; et quand je devrais souffrir mille fois davantage, je ne sortirai point de cette maison jusqu'à ce qu'on m'en mette dehors par les épaules. »

Trois années se passèrent de la sorte sans que rien pût affaiblir le moins du monde sa parfaite soumission. Elle se soutenait par la vue des souffrances de son divin Sauveur, qu'elle ne perdait jamais de vue, par un grand désir de l'imiter, par un amour constant pour son Dieu, dont elle ne voyait que la volonté dans tout ce qui lui arrivait de plus fâcheux et de plus humiliant.

Là maîtresse ouvrit enfin les yeux, reconnut ses torts, rendit justice à la vertu de sa domestique, et, pour la dédommager de tout ce qu'elle lui avait fait souffrir, eut pour elle des attentions qui allèrent presque jusqu'à l'excès. Armelle y répondait de son mieux ; mais elle en était beaucoup moins flattée que des mauvais traitements qu'elle avait eu à essuyer ; aussi demanda-t-elle son congé, dès qu'elle vit qu'il n'y avait plus rien à souffrir. Ses instances furent inutiles. Elle persista néanmoins toujours dans son dessein, avec une ferme confiance que Dieu lui fournirait les moyens de se dégager.

Son espérance ne fut pas vaine ; une des filles de la maison ayant épousé un gentilhomme qui demeurait auprès de Vannes, la demanda avec tant d'instances pour gouverner son ménage, que sa mère ne put la lui refuser. Armelle y ayant consenti, après en avoir conféré avec son directeur, sortit de cette maison à l'âge d'environ trente ans, et suivit sa nouvelle maîtresse. Mais avant que de partir, elle renonça, entre les mains de sa mère, à tout ce qu'elle pouvait prétendre de la succession de son père, et lui donna de plus la meilleure partie de ses gages pour la consoler de son absence et l'aider à subsister.

Eloignée de ses proches, elle ne pensait qu'à jouir des dons du Seigneur dans une campagne assez solitaire, lorsqu'elle se vit réplongée dans des peines intérieures encore plus grandes que celles qu'elle avait jusqu'alors éprouvées. Dieu sembla se retirer d'elle entièrement : plus de lumières, plus de goûts sensibles, plus de consolations. Une nuit ténébreuse lui dérobait la vue de ces vérités saintes dont la pensée faisait auparavant sa force et son appui, et, en leur place, des fantômes impurs assiégeaient continuellement son imagination. Plus elle craignait d'offenser Dieu, plus elle était tourmentée de la crainte de l'avoir offensé par quelque consentement volontaire. Pour comble de disgrâce, elle n'avait plus de directeur qui pût la conduire et la rassurer; de sorte que, livrée à elle-même et dans la main de son conseil, elle était comme une pauvre égarée, qui voit partout des précipices, et qui ne sait comment les éviter.

Ce pénible état où, comme le disait notre sainte fille, une âme est vraiment digne de compassion, dura deux années entières, et finit lorsqu'Armelle s'y attendait le moins. Le changement qui se fit en elle fut si grand et si prompt, qu'elle ne trouvait point de termes pour l'exprimer; et elle avoua qu'elle en fut plus frappée que de la résurrection d'un mort. Il est vrai qu'elle dût l'être, puisque, depuis cet heureux moment jusqu'à la fin de sa vie, elle ne ressentit pas la plus légère impression contre la pureté, et qu'elle acquit un empire si puissant sur ses passions, que rien ne fut plus capable d'altérer la paix et l'égalité de son âme. Son amour pour Dieu, tel qu'un feu qui, après avoir été long-temps captif dans le sein de la terre, force enfin les obstacles et se répand avec impétuosité, se ralluma avec plus d'ardeur que jamais, et, par une heureuse propagation, se communiqua à tout ce qui l'approchait.

Une fièvre qui lui dura huit mois, et qui lui était causée par une plaie de l'amour divin, beaucoup plus que par aucune cause naturelle, l'ayant obligée de venir à Vannes, elle y trouva un directeur capable de la guider dans les voies de la sublime perfection. Par son conseil, elle entra chez les religieuses ursulines de Vannes pour y être tourière; emploi critique qui demande des talents d'une espèce particulière, et qui sont peut-être bien plus rares qu'on ne se l'imagine. On la fit ensuite entrer dans la maison pour y servir les pensionnaires. Bientôt elle se les attacha toutes par sa douceur et par son zèle à leur rendre tous les services qu'elles pouvaient exiger; elle s'en fit en même temps craindre, estimer et respecter par sa haute vertu.

Malgré la satisfaction qu'elle donnait à la communauté, et qu'elle en recevait, elle sentait cependant, depuis qu'elle y était entrée, un fond de gêne intérieure qu'elle ne pouvait pas se développer à elle-même; elle s'apercevait seulement que cette familiarité si grande et si continuelle qu'elle avait eue avec notre Seigneur commençait

3.

à diminuer. Un de ses parents, religieux de l'ordre de Saint-Dominique, à qui elle découvrit ses inquiétudes, les augmenta, et lui fit même craindre qu'elle ne fût pas dans l'état où Dieu la voulait. Le célèbre père Rigoleu, après avoir beaucoup consulté le Seigneur, alla plus loin, et il lui commanda, en termes exprès, de retourner chez sa dernière maîtresse. Celle-ci, qui avait été très-affligée de la sortie d'Armelle, l'ayant demandée aux religieuses pour le temps de ses couches, on ne crut pas la lui devoir refuser pour un terme si court. Mais la Providence, qui avait ses vues, disposa tellement les choses, qu'Armelle ne sortit plus de la maison où elle était entrée. Au fond, le monde avait plus besoin de grands exemples de vertus qu'une communauté qui en était elle-même un modèle accompli.

Quelque admirables qu'eussent été les états par où elle avait passé jusqu'alors, Dieu la fit entrer dans des voies encore plus sublimes. Je n'entreprendrai pas de les décrire ici; ils passent ma portée et celle de la jeunesse pour qui j'écris. Je me contenterai de dire qu'Armelle fut élevée à la plus haute contemplation; que, de l'avis de ceux qui la dirigeaient, elle fit vœu de faire toujours ce qu'elle jugerait plus conforme à la divine volonté (vœu héroïque, mais vœu dont le projet n'est permis qu'aux Thérèse et à ce très-petit nombre d'âmes privilégiées qui, comme elle, suivent partout l'époux à l'odeur de ses parfums), et que, quelque temps après, méditant un jour de Noël sur la pauvreté de Jésus-Christ naissant dans une étable, elle se sentit pressée intérieurement d'ajouter aux doux vœux qu'elle avait déjà faits celui de pauvreté ; ce qu'elle fit avec l'agrément de son confesseur, entre les mains de la supérieure des dames ursulines, le 2 de février, fête de la Purification, l'an 1655. Elle perdit, l'année suivante, sa maîtresse, après une maladie de dix-huit mois, pendant lesquels elle lui rendit, nuit et jour, tous les services qu'inspire la reconnaissance, et plus encore la vraie et parfaite charité.

Quelque temps après, Dieu lui donna de si hautes idées de sa bonté, de sa douceur et de cette paix intime dont il inonde ceux qui sont à lui, que, pénétrée d'un nouvel amour et comme transportée hors d'elle-même, elle ne cessait de répéter : « Bonté de mon Dieu, douceur de mon Dieu, paix de mon Dieu. »

Un des désirs que notre Seigneur lui inspirait le plus souvent et le plus vivement, était de souffrir pour lui. Elle en eut l'occasion en 1666 ; car, passant dans une rue, elle reçut, d'un cheval, un coup de pied qui la renversa et lui cassa la jambe. Elle souffrit avec la dernière tranquillité les plus douloureuses opérations de la chirurgie ; et quoiqu'elle fût plus de quinze mois entiers sans pouvoir faire un seul pas, jamais elle ne donna le moindre signe d'impatience ou d'ennui. On la

portait à la messe les jours de fêtes et les diman-
ches ; tout le reste du temps elle donnait ordre au
ménage et s'occupait à quelque chose d'utile à la
maison, sans être jamais oisive, malgré ses douleurs continuelles.

Au bout d'environ un an et demi, elle se sentit
fortement inspirée de demander à Dieu, par l'intercession de la sainte Vierge, la grâce de pouvoir
marcher avec des béquilles, sans pourtant rien
perdre de ses douleurs. Pour l'obtenir, elle promit de jeûner tous les samedis, et de dire tous
les jours, pendant une année, un chapelet pour
le repos des âmes du purgatoire. Elle fut exaucée
à la fête de la Nativité de la très-sainte Vierge, et
rendit au Fils et à la Mère de très-humbles actions
de grâces pour un bienfait aussi considérable.
Mais sa reconnaissance s'augmenta bien davantage, lorsque, trois ans après sa chute (1), étant
restée seule dans l'église d'Arradon, le jour de la
Fête-Dieu, pendant qu'on faisait la procession du
Saint-Sacrement, elle demanda à la sainte Vierge,
et obtint d'elle sur-le-champ une pleine et parfaite guérison. Elle fut si touchée de cette nouvelle faveur, qu'elle eût voulu que tout le monde
l'eût aidée à en bénir notre Seigneur et sa
sainte Mère ; et ce ne fut que dans cette vue qu'elle
en fit le récit à tous ceux qui voulurent l'entendre.

(1) En 1669.

Ce que le mal ne faisait pas, l'amour divin le faisait insensiblement. Armelle, comme une victime d'agréable odeur, se consumait peu à peu sur l'autel de la charité. Ses infirmités s'augmentaient avec l'âge, mais c'était moins le nombre des années qui la minait par degrés, que le feu sacré qui de son âme passait à un corps trop faible pour en soutenir les ardeurs. Au mois d'août de l'année 1671, elle fut attaquée d'une fièvre double-tierce, qui se tourna bientôt en continue. Une inflammation de gorge s'y étant jointe au mois de septembre, elle sentit et elle annonça qu'elle n'en relèverait pas. Le samedi 17 d'octobre, après s'être confessée avec des sentiments de componction et une abondance de larmes qui lui étaient ordinaires, elle communia; ce qu'elle fit encore le mardi et le mercredi suivants. Sur le midi de ce dernier jour, elle reçut l'extrême-onction avec la plus grande présence d'esprit; et le samedi 24 d'octobre, entre midi et une heure, elle expira dans le baiser du Seigneur.

Aussitôt que la nouvelle de sa mort se fut répandue dans la ville, il se fit un si grand concours de toutes sortes de personnes pour honorer son corps, qu'on avait peine à en approcher. Chacun souhaitait d'avoir quelque chose qui lui eût servi; et la plus grande partie de ses pauvres hardes fut emportée par ceux qui purent s'en saisir. La cathédrale et le recteur de sa paroisse demandèrent son corps; mais son maître, aussi touché de sa perte qu'il l'eût été de celle du plus cher de ses enfants, voulut que, conformément à ses intentions, elle fût portée chez les ursulines de Vannes. Elle y fut inhumée entre le grand autel et celui de la sainte Vierge, avec cette inscription sur son tombeau : *Ci-gît le corps d'Armelle Nicolas, de naissance champêtre et servante de condition, appelée communément* la bonne Armelle, *et dans les communications qu'elle avait avec Dieu*, la fille de l'Amour. *Elle mourut en terre pour vivre dans le ciel, le 14 d'octobre 1671, âgée de soixante-cinq ans. Priez Dieu pour son âme et marchez sur ses pas en aimant Dieu comme elle.* Son cœur fut porté à l'église du collége, où elle avait trouvé des guides qui l'avaient sagement dirigée dans les voies du divin amour.

Sa vie fut écrite par une religieuse ursuline, qui n'a pu parler si bien des différentes routes de la vie spirituelle, sans les avoir beaucoup fréquentées. Le père de la Marche en a donné, en 1756, un abrégé qu'il a joint (dans un recueil trop peu connu) à celui de la vie de deux autres personnes de la même condition. Il finit, et nous finirons avec lui, mais en l'abrégeant plus que jamais par une courte notice des principales vertus de cette grande servante de Dieu.

Sa foi était si vive, que c'est par elle seule qu'elle voulait se conduire. Croire simplement tout ce que la sainte église nous propose à croire, et agir en conséquence, c'était là toute sa théologie.

« Le diable est vaincu, disait-elle, quand nous ne disputons point avec lui, et qu'au lieu de nous arrêter à nos propres lumières, nous marchons par celles de la foi qui dure toujours et qui n'est point sujette à l'inconstance de nos sentiments; alors il perd toute espérance de nous vaincre. »

Son espérance et sa confiance en Dieu marchaient d'un pas égal avec sa foi. « Se défier de Dieu, disait-elle, c'est faire injure à sa divine majesté ; au contraire, se confier en lui et espérer en sa bonté, c'est l'honorer de la plus noble façon que nous puissions faire. Il n'y a rien à quoi il se plaise tant, qu'à voir cette fidèle confiance dans le cœur de ses enfants, » C'est sur ce beau principe, que quand par surprise elle avait commis quelque faute, elle recourait aussitôt à Dieu comme un enfant à son père ; et là, avec un vif regret, mais toujours avec une pleine confiance, elle lui confessait son péché, et lui en demandait pardon d'une manière si tendre, qu'elle ne se relevait jamais sans consolation. C'est sur ce principe encore qu'elle ne connut jamais cette inquiétude sur le lendemain qui agite tant de chrétiens, et ceux surtout dont la fortune est plus que médiocre. « Tout appartient à mon père qui est dans les cieux, disait-elle; ainsi je ne crois pas devoir m'inquiéter de l'avenir, parce que je possède tout, en possédant celui duquel tout dépend. »

Nous ne parlerons point de son amour pour Dieu, parce qu'il suffit de jeter les yeux sur ce

3..

que nous en avons dit jusqu'ici, pour juger que sa vie ne fut qu'une vie d'amour. Mais nous pouvons ajouter deux choses : l'une, que c'était surtout dans l'auguste sacrement de l'eucharistie qu'elle renouvelait le feu saint dont son cœur était consumé; l'autre, que toutes les fois que ses confesseurs jugèrent à propos de lui suspendre la communion, et cela, sans qu'il y eût aucune faute de sa part, mais uniquement pour l'éprouver, elle sacrifia toujours à l'obéissance, sans ombre de murmure, la sainte passion qu'elle avait de s'unir à son Bien-Aimé. Leçon importante pour tant d'âmes imparfaites qui ne peuvent souffrir qu'un directeur leur retranche des communions qu'elles n'ont pas méritées.

Son humilité était si parfaite, qu'elle ne concevait pas même qu'on pût avoir le moindre sentiment de vanité. Elle n'aurait pas changé son état de servante contre celui d'une princesse, parce que, disait-elle, une servante est faite pour être méprisée, que c'est là son partage ordinaire, et que c'est celui qui me convient. Quand on la blâmait sur certaines choses dont elle était très-innocente, sa maxime était de souffrir en silence, et de ne jamais rien dire pour sa justification.

Son obéissance était sans bornes, ainsi que son humilité. Soumise à ses directeurs, elle ne s'écarta jamais de rien de ce qu'ils lui prescrivirent. Soumise à ses parents, comme Jésus-Christ l'était aux siens, elle fut toujours leur joie, leur ressource, leur plus douce consolation. Soumise à ses maîtres et à ses maîtresses, soit qu'il la traitassent bien ou mal, elle ne voyait en eux que la personne de Dieu, dont ils lui tenaient la place.

Il est difficile d'exprimer jusqu'où elle porta l'amour des croix et des souffrances. Nous l'avons vu demeurer chez une maîtresse injustement prévenue contre elle, parce qu'elle y était traitée sans humanité. Les autres domestiques, jaloux de la confiance qu'on avait en elle, ne cessaient de la contredire et lui rendaient la vie extrêmement dure; c'était pour elle une raison de les chérir davantage; et quelquefois par reconnaissance de ce bienfait, je le dis d'après elle, elle baisait la terre par où ils avaient passé. Aux souffrances qui lui venaient du dehors, elle en ajoutait qui ne venaient que de son choix. Elle exerçait sur son corps une espèce de cruauté par des jeûnes rigoureux, et des disciplines si violentes, que ses directeurs furent obligés de les modérer d'abord, et ensuite de les lui interdire entièrement. En un mot, toute sa consolation était d'être attachée à la croix avec Jésus-Christ, son modèle aussi bien que son sauveur.

Les nécessités soit temporelles, soit spirituelles du prochain, étaient un des grands objets de sa charité. Elle donnait aux pauvres le tiers de ses gages, et elle ne s'en tenait là que parce que son confesseur ne lui permit pas d'aller plus loin. Pour suppléer à ce qu'elle ne pouvait faire par elle-même, elle sollicitait pour eux la charité des personnes riches et vertueuses. Mais sur ce dernier point, elle ne faisait jamais rien que par l'avis de ceux qui la dirigeaient.

Comme les nécessités spirituelles du prochain sont d'une toute autre conséquence, elles attiraient beaucoup plus ses attentions. Elle mettait tout en usage, soit pour retirer du péché les personnes de sa connaissance, qu'elle savait y être engagées, soit pour en porter d'autres à une vraie et solide perfection. Elle offrait continuellement, dans cette vue, au Seigneur ses larmes, ses prières, ses pénitences, et les messes qu'elle entendait. Sa charité ne se bornait pas aux vivants, dont les besoins frappent d'une manière plus sensible, elle s'étendait également sur ces âmes que Dieu purifie par le feu de sa justice, et qui ne souffrent souvent que pour des fautes que nous leur avons fait commettre. Elle ne négligeait aucun des moyens que fournit la religion pour abréger la durée de leurs peines.

Sa dévotion envers la sainte Vierge était aussi admirable qu'elle était éclairée. Elle ne négligeait pas les pratiques extérieures, telles que sont le Chapelet et les prières du Petit Habit, qu'elle récitait tous les jours, et dont elle avait souvent éprouvé la vertu contre les attaques du démon ; mais elle ne s'en tenait pas là : elle étudiait sans cesse, et elle tâchait d'imiter les vertus de cette reine des Vierges. « Je désirais de tout mon cœur, disait-elle, l'ardent amour qu'elle avait pour Dieu, sa profonde humilité, son respect, son obéissance et sa modestie. » Et c'est sur ce beau modèle qu'elle s'efforçait de régler toutes ses actions. Quand on s'y prend si bien, on peut dire de soi ce qu'elle disait d'elle-même : « Pourvu que je gagne les bonnes grâces de la Mère, je suis assurée de celles du Fils. » Mais il ne lui suffisait pas d'aimer la sainte Vierge, elle s'efforçait d'en inspirer la dévotion à tous ceux qui avaient quelque rapport avec elle, et surtout aux enfants dont elle était chargée.

Une des dévotions qui ont le plus eclaté dans la vie de cette fidèle servante de Dieu, a été celle qu'elle eut toujours pour son ange gardien. On ne peut dire ni le respect qu'elle avait pour lui, ni la confiance qu'elle avait en sa protection. Quand elle commençait quelque travail, ou qu'elle allait en voyage, elle ne manquait jamais à l'invoquer. Lorsqu'elle entrait dans les églises, elle le priait d'offrir à Jésus-Christ, caché dans son sanctuaire, ses très-humbles adorations. S'il arrivait quelque heureux succès dans les affaires de Dieu, elle s'en réjouissait avec les saints anges. Si, au contraire, elle le voyait offensé par les pécheurs, elle s'en affligeait très-sensiblement, et s'adressant à l'ange gardien de chacun d'eux, elle le conjurait d'obtenir à ces pauvres aveugles la lumière dont ils avaient besoin pour connaître et détester leurs égarements.

Après un détail si édifiant, si utile à tous les états, et surtout à ceux que Dieu laisse dans une sorte d'obscurité, peut-on ne se pas s'écrier avec le pieux auteur qui nous l'a transmis : « O vous qui êtes le Seigneur du ciel et de la terre, Père éternel, soyez à jamais béni, parce que vous avez caché ses secrets aux sages et aux prudents du siècle, et que vous les avez découverts aux humbles et aux petits ! » *Luc.* 10 , *v.* 21.

HISTOIRE

DE

HAMKI ET DE SA FEMME,

CHINOIS.

—

Entre les lois qui sont en vénération dans l'empire de la Chine, celle du respect des enfants pour leur père est regardée comme une des plus saintes ; nous en avons un exemple dans l'histoire qui est arrivée l'an 1700, qui est tirée des lettres de plusieurs missionnaires étrangers.

Il y avait dans la ville de Nankin (1) une femme

---

(1) Les Chinois regardent cette ville comme la plus grande et la plus magnifique de l'univers entier.

du peuple, qui maria sa fille unique à un particulier nommé Hamki.

Quelques jours après les noces, la mère fut obligée, pour des affaires particulières, de faire un voyage dans la province de Qantom. Il y a dans cette province un grand nombre de chrétiens, dont la ferveur est comparable à celle des premiers fidèles ; elle les vit, conversa avec eux ; elle admira leur charité, leur patience, leur assiduité à la prière : ils s'instruisent les uns les autres, elle fut instruite par eux, et Dieu achevant de l'éclairer, elle demanda le baptême, et accrut le nombre de ces nouveaux chrétiens.

Ses affaires furent bientôt terminées ; et elle n'aurait point quitté le lieu de sa conversion, si quelques intérêts, qui regardaient sa fille et son gendre, ne l'eussent rappelée à Nankin.

Elle y arriva ; elle ne cacha point à sa famille les grâces dont Dieu venait de la combler ; elle en convertit plusieurs ; mais sa fille et son gendre, préoccupés de leur culte, ne conçurent que du mépris pour elle.

Ils se crurent autorisés, dans la discussion de quelques affaires domestiques, à manquer de respect à leur mère ; ils en vinrent aux injures, et la chassèrent avec violence hors de leur maison. La mère outragée prit des témoins de l'insulte qui venait de lui être faite ; et, le juge de la police, étonné d'une action si coupable et nouvelle parmi les Chinois , envoya prendre Hamki et sa femme , et les fit conduire en prison.

Leur procès fut instruit selon la coutume de la nation. On ne nomme point les coupables , on met seulement par écrit leur crime et les preuves ; on fait un paquet de cette information , que l'on scelle et que l'on entend dans une autre province, quelquefois distante de deux cents lieues ; le procès est porté dans un collége, où des gens gagés par l'empereur, et consommés dans l'étude des lois, examinent le fait et prononcent l'arrêt sans savoir quel est le criminel qu'ils condamnent ; ils renvoient ensuite ce même arrêt à ceux qui leur ont envoyé les informations , et il s'exécute sans délai et sans appel.

L'affaire de Hamki et de sa femme fut examinée de la sorte ; mais le collége de Pékin , à qui elle avait été adressée , jugea le crime trop grand pour pouvoir condamner les coupables sans avoir informé l'empereur.

Il n'était point alors à Pékin ; il en était parti, il y avait trois mois, suivi de cent mille hommes, pour aller à la chasse en Tartarie. (Il fait , sous ce prétexte, de semblables voyages tous les cinq ou six ans pour se faire voir à ses peuples , et les contenir dans le devoir.)

Le procès de Hamki fut adressé au mandarin qui a soin de rapporter à l'empereur les affaires criminelles qu'il se réserve. Le jour que ce mandarin ouvrit le paquet qui lui avait été envoyé de

Pékin, l'empereur avait assemblé tous les grands et tous les ministres pour être présents à la chasse; il s'était rendu au lieu qu'il avait choisi : un nombre infini de peuple y était accouru de toutes parts, et la chasse allait commencer quand le mandarin, s'étant prosterné à terre, présenta à l'empereur le procès de Hamki. Il aurait bien attendu à un autre temps ; mais l'empereur ne veut point de retardement dans les affaires, et punirait celui qui ne l'aurait point interrompu dans ses plaisirs, pour lui faire rendre justice à ses peuples.

L'empereur demanda au mandarin ce que contenait l'écrit qu'il venait de lui donner ; et quand il eut appris le crime de Hamki et de sa femme, il s'écria devant tout le monde : « Dieu du ciel! quel » forfait ai-je commis, pour être assez malheu- » reux que sous mon règne un enfant ait manqué » de respect à son père? » Après ces paroles, il quitta le lieu de la chasse, et alla s'enfermer dans son palais, ne voulant être vu de personne ; il ordonna seulement que le lendemain le conseil se tînt prêt pour juger une affaire si importante.

Cependant la belle-mère de Hamki se repentait d'avoir fait trop d'éclat, et de n'avoir pas souffert dans le silence l'outrage de sa fille et de son gendre.

Il n'y avait pas moyen de réparer le mal qu'elle venait de faire ; car si les juges ne connaissent

point ceux qu'ils condamnent , les accusés ne connaissent point quels juges on a choisi pour les condamner ; ainsi, les sollicitations et les brigues ne
sauraient avoir lieu. Au défaut de toute autre
ressource , elle crut pouvoir en trouver une dans
les chrétiens] de la province de Qantom (1). Elle
avait écrit aux missionnaires de prier , par lettres,
les mandarins qui approchent l'empereur , d'obtenir la délivrance de ses enfants : ils l'avaient fait ,
mais on n'avait eu encore aucune réponse. Elle
était dans cette perplexité, quand un des premiers
mandarins arriva de Tartarie à Nankin , chargé de
la part de l'empereur de faire exécuter l'arrêt
contre Hamki et sa femme. A peine fut-il arrivé ,
qu'il envoya chercher la mère , qui se jeta à ses
pieds , lui demandant grâce pour sa fille et son
beau-fils ; le mandarin s'informa d'elle à quoi
pouvait monter le bien de ses enfants ; elle lui répondit selon la connaissance qu'elle en avait :
l'empereur , lui dit-il, vous promet le triple, c'est
tout ce que j'ai ordre de vous dire.

Le même jour on fit marcher des soldats à la
maison de Hamki , elle fut démolie et brûlée ; on

---

(1) Qantom ou Canton est la douzième province de la
Chine. Elle contient dix cités , et soixante-treize grandes villes.
On y voit une rose qui change de couleur deux fois le jour :
elle est rouge le matin et blanche le soir. *Dictionn. Géograph.*

fit la même chose de toutes ses maisons de campagne : on dégrada toutes ses terres, on consuma,
par le feu, toutes les choses appartenantes aux
deux coupables, et l'on éleva, à la place de la maison qu'ils avaient dans Nankin, 'une pyramide où
l'on avait écrit leur crime, et la juste punition que
l'empereur en faisait.

La mère ne douta point, en voyant une justice si
rigoureuse que sa fille et son gendre ne fussent condamnés à la mort ; elle s'abandonna à sa douleur :
elle priait sans cesse Jésus-Christ de lui rendre
ses deux enfants ; elle alla les demander à la prison, on lui permit de les voir ; elle passa trois
jours et trois nuits avec eux, les exhortant à prier
le Dieu qu'elle adorait de les délivrer. Ils promi-
rent de se faire chrétiens, s'ils échappaient au
supplice qui leur était dû ; enfin, le quatrième
jour, on vint leur annoncer leur arrêt ; ils étaient
condamnés au feu, et on les arracha des bras de
leur mère pour les conduire à la mort. Elle tomba
évanouie dès qu'on les eut emmenés ; cependant,
on les faisait conduire vers la place publique, lors
qu'un courrier arriva de la part de l'empereur,
apportant leur grâce ; il l'avait accordée aux sollicitations des mandarins qui en avaient été priés
par les missionnaires de Qantom.

La grâce fut lue en public, et tout le peuple se
prosterna du côté de la Tartarie où était l'empereur, pour marquer la parfaite soumission à ses
ordres. On reconduisit Hamki et sa femme auprès

de leur mère, que l'on s'empressait de secourir, et qui n'était point encore revenue à elle. Sa fille la prit entre ses bras et l'appela ; elle revint à cette voix, et comme tout le monde lui criait : Grâce, grâce, l'empereur leur a fait grâce, elle tendit les bras à son gendre et à sa fille, et les larmes de joie succédèrent à sa douleur. Toute leur famille, qui s'était trouvée à ce spectacle, les emmena ; cependant l'empereur, en rendant la vie à Hamki et à sa femme avait ordonné que dans six mois ils eussent à sortir des terres de son empire. Ils se mirent en devoir d'exécuter cet arrêt ; leur mère voulut les suivre dans leur exil ; elle les mena dans la ville de Qantom, où ils accomplirent leur vœu, se faisant instruire dans la foi de Jésus-Christ, et recevant le baptême. Quelques temps après, on obtint de l'empereur que la peine d'exil fût commuée ; on leur donna la province de Qantom pour prison ; ils y vécurent en paix avec leur mè-re, à qui l'empereur fit donner le triple des biens qu'avaient ses enfants, comme il lui avait promis ; et ces nouveaux chrétiens édifièrent, par leur piété et par leur zèle, tous les habitants de cette province.

Le défaut de respect pour ceux dont on tient la vie n'est pas puni partout aussi sévèrement qu'à la Chine, mais c'est partout un grand crime.

Il est dangereux de se livrer à un premier ressentiment. Le plaisir d'humilier son ennemi ne dure pas long-temps, et il cause souvent de mortelles inquiétudes.

Heureux celui qui laisse au ciel le soin de la vengeance; plus heureux celui qui, par ses prières et par ses larmes, sait la détourner.

PREMIÈRE LETTRE

SUR LES SPECTACLES,

A MADEMOISELLE DE ***.

—

Je m'étais bien douté, ma chère fille, que vous ne seriez pas long-temps dans le monde sans y sentir des troubles de conscience. La première chose qu'on a faite aussitôt que vous êtes sortie de la vertueuse communauté où vous avez été élevée, c'est de vous proposer d'aller à la comédie et à l'opéra. Je vous avais dit autrefois que la petite nièce de M. Hébert, qui, de curé de Versailles, est devenu évêque d'Agen, avant que de faire le voyage de Paris, avait exigé de la marquise, sa tante, qu'on ne lui parlerait point de spectacles. Ce trait vous est revenu dans l'esprit, et sur ce modèle vous avez prié votre famille de vous laisser là-dessus une pleine liberté. Mais on est revenu à la charge, et on n'a pas manqué de vous dire que le spectacle, pris en lui-même, n'a rien de mauvais ; que le théâtre est aujourd'hui exempt de ce ton d'indécence qui, autrefois, le rendait dangereux ; qu'on voit tous les jours à la comédie des personnes qui font profession de régularité, assez souvent même de brillants abbés, et qui sont très-dignes de l'être ; qu'enfin cette espèce de jeu est autorisé à Rome comme ailleurs, et que ce qu'un pontife aussi éclairé que l'était Benoît XIV a approuvé, doit être à l'abri de la censure.

Ces motifs vous ont un peu ébranlée ; mais enfin vous avez demandé en grâce qu'il vous fût permis de me consulter ; et madame*** qui vous tient lieu de mère, depuis que vous avez eu le malheur de perdre la vôtre, a bien voulu y consentir. Peut-être a-t-elle cru me trouver plus indulgent sur l'article, depuis qu'il a plu à la savante académie de T. de me mettre au nombre des casuistes relâchés.

Quoi qu'il en soit, je soutiens, non-seulement que vous ferez très-bien de n'aller jamais aux spectacles, article qu'un vrai chrétien ne contestera pas, mais que vous ne pouvez y aller en conscience, et cela, parce que les spectacles, tels qu'ils sont en eux-mêmes, et à raison de toutes leurs circonstances, sont infiniment dangereux.

Je pourrais dire quelque chose de plus fort, sans craindre de dire trop; mais je me borne là, parce que je parle à une personne qui craint Dieu, et qui, depuis long-temps, a appris de lui que *quiconque aime le danger ne manquera pas d'y périr.* Au reste, je ne vous citerai ni saints pères, ni conciles, quoique leurs décisions et la morale qu'ils y ont établie doivent être la règle de notre conduite. Vous me répondriez, ou d'autres le feraient pour vous, que les anciens pères n'ont condamné les spectacles que par rapport à l'idolâtrie, aux superstitions, et aux impuretés grossières qui y régnaient de leur temps. Mais je pourrais vous répondre à mon tour que Tertulien, abstraction faite de l'idolâtrie, et même d'impureté marquée; que Salvien, qui vivait dans un pays où le paganisme était anéanti, en un mot, qu'un grand nombre de saints docteurs ont condamné les spectacles, parce qu'ils excitent les passions, qu'ils portent à la corruption des mœurs, qu'ils sont incompatibles avec les engagements contractés dans le baptême; avec cet esprit de crainte, d'attention, de vigilance sur soi-même, qui nous est si souvent recommandé dans l'Ecriture; avec cette obligation indispensable de rapporter à Dieu et à sa gloire toutes nos actions, celles mêmes qui, comme le boire et le manger, sont les plus animales. Car enfin, j'ai peine à croire que parmi vos apologistes du théâtre vous en trouviez un seul qui, prosterné le matin aux pieds de Jésus-

Christ, ait osé dire : « Seigneur, c'est pour votre amour, et pour me rendre plus digne de vos grâces, que j'irai aujourd'hui à la comédie ou à l'opéra. »

On nous dit, il est vrai, que le théâtre moderne est pur et modeste; mais je répondrais encore que ceux qui ont comparé les pièces de Racine, des deux Corneille, et.surtout de Molière, avec celles d'Euripide, de Sophocle, de Ménandre, de Sénèque, de Plaute, de Térence, etc., conviennent que les premières sont plus propres à surprendre le cœur, à l'affaiblir, à le corrompre que les dernières. Sans vous dire que l'amour profane n'est pas la seule passion qu'un chrétien ait à combattre, je puis bien vous dire que la pureté prétendue qu'on attribue au théâtre moderne n'est tout au plus qu'une ombre de pureté, qui n'adoucit les images du vice que pour l'insinuer plus aisément, en dérobant à l'œil séduit ces noires couleurs qui le rendraient plus haïssable. C'est une gaze légère qui laisse apercevoir d'une manière plus piquante ce qui, présenté trop à découvert, ne manquerait pas de faire rougir et de choquer. C'est, dit saint Augustin, une coupe d'or dans laquelle des docteurs ivres font boire avec plaisir le vin empoisonné de leurs dissolutions. En un mot, le théâtre le plus épuré n'est guère autre chose que l'art réduit en pratique de farder les passions, pour les inspirer d'une manière plus sûre, et les faire triompher avec moins de peine des résistances de

la vertu. C'est la peinture, c'est le langage même
des passions ; mais peinture fine, langage animé,
vif, pathétique, dont les touches ne sont jamais
plus dangereuses que quand elles sont plus déli-
cates. Tout ce qu'on y voit et tout ce qu'on y entend, parures, décorations, gestes, attitudes, mouvements, entretiens, discours, chants, larmes,
soupirs imaginaires, par rapport à celui à qui on
parle, mais trop réels par rapport à une autre
idole qui règne dans le cœur ; intrigues, déclara-
tions, familiarités, liens rompus et renoués, tout
ne tend qu'à toucher, à ravir, à transporter l'âme
hors d'elle-même, à allumer dans un cœur déjà
trop souple un feu dont il n'avait pas besoin pour
s'enflammer. « Le vice, dit J.-J. Rousseau (1), ne
s'insinue guère en choquant l'honnêteté, mais en
prenant son image ; et les mots sales sont plus
contraires à la politesse qu'aux bonnes mœurs,
parce qu'ils font mépriser celui qui les hasarde.»
C'est sur ces principes qu'un homme qui plus
d'une fois avait travaillé pour le théâtre se mo-
quait, d'après Cicéron, de ceux qui ont été assez
fous pour regarder la comédie comme une école
de vertu. « Non, disait à peu près M. de Fonte-
nelle, je n'ai jamais compris qu'on pût guérir les
passions par les passions mêmes. » Si ce miracle

---

(1) Voyez la Lettre de J. J. Rousseau, citoyen de Genève,
à M. d'Alembert.

d'un nouvel ordre arrivait une fois dans la vie, et l'auteur et l'acteur pourraient bien assurer que c'est à quoi ils n'avaient jamais pensé. Rien de plus précis que l'aveu qu'en fait M. de la Motte dans son discours sur la tragédie de Romulus. Après avoir parlé des caractères odieux qu'on peut mettre avec succès sur le théâtre, pourvu qu'ils ne le soient qu'en partie, et que de plus on les embellisse en quelque sorte par le mélange de quelques-unes de ces grandes qualités qui peuvent se rencontrer avec de grands vices, il continue en ces termes :

« Si on concluait de tout ce que je viens de dire, que les tragédies ne peuvent donc pas être d'un grand fruit pour les mœurs, la sincérité m'obligerait d'en demeurer d'accord. » Cette expression est trop faible, trop radoucie ; M. de la Motte va lui-même nous l'apprendre. « Nous ne nous proposons pas d'ordinaire, poursuit-il, d'éclairer l'esprit sur le vice et la vertu, en les peignant de leurs vraies couleurs : nous ne songeons qu'à émouvoir les passions par le mélange de l'un et de l'autre. Nous mettons souvent les préjugés à la place des vertus. Dans les personnages intéressants, nous faisons presque aimer les faiblesses par l'éclat des vertus que nous y joignons. Dans les personnages odieux, nous affaiblissons l'horreur du crime par de grands motifs qui les relèvent, ou de grands malheurs qui les excusent. Tout cela ne va que bien indirectement à l'instruc-

tion; » ou plutôt, tout cela tend bien directement
à confondre les idées, à excuser le mal en exau-
çant celui qui l'a fait. « Et c'est ce qui a fait dire
à une dame illustre (madame de Lambert) dans
les avis qu'elle donne à sa fille, qu'on reçoit au
théâtre de grandes leçons de vertu, et qu'on en
remporte l'impression du vice... Il est vrai que
quand nous faisons triompher le crime (et cela
n'arrive pas toujours), nous laissons les coupables
dans un état de trouble et de remords qui leur
tient lieu de supplice... Mais à parler de bonne
foi, ce n'est pas assez. Cet hommage passager que
nous rendons à la raison, ne détruit pas les idées
des passions que nous avons flattées dans tout le
cours de la tragédie. Nous instruisons un moment, mais nous avons long-temps séduit. Le
remède est trop faible, et il vient trop tard (1). »
Disons donc avec M. l'abbé Trublet, que « dans
le fond M. de la Motte pensait sur l'opéra, et en
général sur le théâtre, comme M. Saurin, et comme
le plus grand nombre des bons casuistes. »

Je ne sais si aux bons casuistes on n'aurait pas
pu joindre ceux qui sont les plus décriés (1). Je

---

(1) Mémoire sur M. de la Motte, par M. l'abbé Trublet
page 333 et suiv. *Paris*, *Desaint*, 1761.

(2) Escobar, qui écrivait en Espagne, porte l'horreur pour
les comédies jusqu'à ne vouloir pas qu'on en souffre dans

vais, ma fille, vous en citer un qui, en fait de morale, n'est pas bien communément cité par les théologiens. Vous connaissez Bayle de réputation, je souhaite de tout mon cœur que vous ne le connaissiez jamais autrement. Cet homme pétri de contradiction, et qui, exempt, du moins en apparence, de toute passion contraire à l'esprit de l'Evangile, employa cependant toute la pointe de son génie à combattre les bonnes mœurs, à attaquer la chasteté, la modestie, toutes les vertus chrétiennes (1), cet homme, en un mot, si fameux et par ses indécences et par ce tissu d'impiété qui, répandues dans ses ouvrages, font le plus beau de ses titres chez tous les libertins, Bayle enfin parle des spectacles à peu près comme les vrais chrétiens. Il se moque de ceux qui disent fort sérieusement que Molière a plus, lui seul, corrigé de défauts à la cour, que tous les prédicateurs ensemble. Il assure qu'il ne regarde nullement la comédie comme propre à bannir les vices

---

un Etat. Voyez tout cet article très-bien traité dans le Dictionnaire du R. P. Richard, tom. V, pag. 152, etc.

(1) C'est un faible morceau du portrait qu'en fait M. Saurin. Il le finit par ces touchantes paroles : « Puisse cet homme qui » fut doué de tant de talents, avoir été absous devant Dieu » du mauvais usage qu'on lui en vit faire ! Puisse ce Jésus, » qu'il attaqua tant de fois, avoir expié tous ses crimes, et » tous ceux qu'il a fait commettre, etc. »

de la galanterie criminelle, de l'envie, de la
vanité, de la vengeance, de l'ambition, de la
fourberie; et il fait assez entendre que le théâtre
est la véritable école où, eu égard à la manière
faible dont on combat quelquefois, et toujours
après coup, ces différents vices, un habile décla-
mateur n'inspire que trop souvent des sentiments
qu'il serait lui-même très-fâché d'avoir. Et que
voit-on, en effet, dans les pièces mêmes où l'a-
mour ne joue pas le plus grand rôle? Quel héros
offrent-elles aux yeux du spectateur? Un tyran,
un emporté, un ambitieux, un vindicatif, qui
part de cette maxime antichrétienne, que ce n'est
que dans le sang qu'on peut laver une injure.

Mais, dit votre chère tante, je vais au spectacle sans mauvais dessein, et j'en reviens sans
mauvais effet.

Mais quand cela serait exactement vrai par rapport à une femme qui a vieilli dans le monde, et
dont le goût est usé par la jouissance des plaisirs,
cela serait-il bien vrai par rapport à une jeu ne
personne comme vous, qui n'est point faite au
langage des passions, qui, de son aveu, ne se
soutient dans la vertu qu'à force de ramer contre
le torrent de sa propre imagination, et dont le
cœur est naturelle ment porté à l'amitié et presque
à la tendresse?

Oseriez-vous bien répondre que, dans un lieu
où l'on ne respire d'autre air que celui de la séduc-
tion, il ne s'élèvera dans votre esprit aucun de

ces nuages impurs qui font passer de si tristes
moments aux âmes les plus innocentes? Le lion
rugissant qui rôde sans cesse autour de nous
vous laissera-t-il tranquille dans un terrain qui
lui appartient? (1) Et en cas que la tentation sur-
vienne, est-ce bien dans une salle de comédie que
vous pouvez compter sur ces grâces puissantes
qui la font surmonter? Vous avez trop de raison
pour le penser. Ainsi de votre tante à vous, il n'y
a point d'induction.

Mais est-il bien vrai que les spectacles n'ont
fait sur elle aucun mauvais effet? Il y a près d'un
demi-siècle que je la connais; je l'ai vue à l'âge
de vingt ans, telle que j'ai la satisfaction de vous
voir aujourd'hui; elle eût été au désespoir de
manquer à la messe un jour ouvrier; elle était
toujours vêtue très-modestement; la petite somme
qu'on lui donnait chaque mois pour ses menus
plaisirs, était consacrée tout entière au soulagement de l'indigence; elle s'arrangeait si bien que
tous les soirs elle faisait une lecture de piété, où
se trouvaient la plupart des domestiques. Ce ne

---

(1) Tertulien, dans le livre qu'il a fait contre les spectacles,
raconte que les exorcistes ayant reproché au démon la har-
diesse qu'il avait eue de s'emparer d'une femme chrétienne,
l'esprit immonde répondit qu'il l'avait fait très-justement,
puisqu'il l'avait trouvée sur un lieu de son domaine : *in meo
eam inveni*.

fut qu'à force de lui rebattre que ses préjugés
contre la comédie n'étaient que des sottises de
couvent, qu'on l'engagea à en juger par elle-même. Elle y prit goût ; insensiblement, ou plutôt
très-sensiblement, elle se fit aux manières du
monde le moins exact. Les lectures solides s'éva-
nouirent ; celle des romans leur fut substituée.
Le besoin réel des pauvres fut oublié, parce que
les besoins imaginaires et les dépenses superflues
se multiplièrent. Comparez-la avec elle-même, et
chargez-vous de tirer la conséquence. Grand
Dieu ! qu'elle est affligeante. Cependant madame *** n'est plus jeune, et l'éternité s'avance.
La douleur qui m'arrête d'un côté, m'oblige de
l'autre à vous dire, avec un écrivain judicieux,
« que l'insensibilité de ceux en qui les spectacles
ne causent aucune émotion vient de ce qu'ils ont
des passions plus fortes que celles qu'on y repré-
sente, et qu'ils sont si profondément gâtés, que
la plus licencieuse comédie ne trouve plus rien à
faire en eux. » Quelqu'un les comparait à ce fameux roi de Pont (Mithridate), qui, à force de
s'être accoutumé au poison, ne pouvait plus être
empoisonné.

Aussi est-ce le jugement qu'en ont porté, je
ne dis pas les orateurs chrétiens, on me répon-
drait froidement et sottement qu'ils sont payés
pour cela, je dis ceux des gens du monde, qui,
accoutumés presque dès l'enfance à tout entendre
et à tout voir, semblent devoir être moins sensibles

4..

à ces sortes d'impressions. L'illustre prince de Conti, le duc de la Rochefoucault, Bussy-Rabutin, la Bruyère, Racine lui-même, et beauconp d'autres qui pouvaient parler d'après l'expérience étrangère et personnelle, ont tous écrit que les spectacles sont dangereux, séduisants, nés pour exhaler la corruption ; et qu'il est impossible d'aimer la comédie et l'opéra, si on n'a jamais eu d'amour ni d'autre passion. Le comédien Riccoboni, qui avait fait cet infâme métier pendant cinquante années, regardait le théâtre comme l'école des mauvaises mœurs ; et il avouait publiquement que rien ne serait plus utile que l'entière suppression des spectacles.

Je crois, ma chère fille, que ceci suffira pour vous affermir contre la comédie. Les motifs dont on se sert pour vous y engager sont ou très-faux ou très-peu concluants. Il ne faut que deux mots pour les pulvériser.

1°. Le spectacle n'est pas mauvais de sa nature, j'en conviens ; et, quoique pour des raisons que j'ai expliquées ailleurs (1), je n'approuve point les représentations qui se font dans les communautés religieuses, je n'improuverai jamais celles qui se font à la fin de l'année dans les colléges. Mais qu'est-ce que cela conclut pour le théâtre de

---

(1) Dans le *Traité des Devoirs de la vie religieuse*, Tome I, page 425.

Paris et de vos provinces, où de misérables far-
ceurs déplairaient au peuple, c'est-à-dire à la
multitude, s'ils s'avisaient de vouloir parler sagesse et raison.

2°. Le théâtre est épuré aujourd'hui, et on n'y
voit plus cette annonce grossière des passions
qu'on y voyait autrefois. C'est-à-dire que le poison y est mitonné avec plus de soin, présenté avec
plus d'artifice, avalé d'une manière qui soulève
moins le cœur, mais qui le gâte encore davantage.
Rapportez-vous-en aux maîtres de l'art. Je vous
ai cité leurs propres paroles.

3°. On voit à la comédie des personnes qui font
profession de régularité. On y voit des ecclésiastiques, etc. Oui, sans doute, on y voit de ces
personnes qui, dans le monde, passent pour ré-
gulières, parce qu'elles ne font de mal à personne
ne, qu'elles évitent ces écarts scandaleux qui
déshonorent, qu'elles se confessent au moins une
fois l'an. Mais y voit-on de ces personnes qui s'ef-
forcent de suivre les maximes de l'Evangile, qui,
d'après lui, sont bien persuadées que la vie d'un
chrétien doit être une vie de mortification, de pénitence, de renoncement à soi-même, qui fré-
quentent les sacrements, qui se font un capital
d'aller de vertus en vertus, jusqu'au moment où
ils doivent arriver au Dieu de Sion, et qui posent
pour principe que leur superflu est le patrimoine
de la veuve affligée et de l'orphelin abandonné.
Ce ne sont point des modèles en l'air que je vous

présente ici, vous savez ce que je vous ai dit de plusieurs dames de la plus haute condition, et vous savez, de plus, que je ne vous disais que ce dont j'avais été témoin, et tout Paris, comme moi. A l'égard des ecclésiastiques qui vont aux spectacles, nous n'avons, vous et moi, d'autre parti à prendre que celui de rougir pour eux de ce qu'ils ne rougissent pas. Si étant laïque, j'étais une fois tenté d'y aller, leur conduite seule m'en dégoûterait. J'aurais de l'horreur pour un lieu où l'on trouve une si mauvaise compagnie. Feu M. Gui de Sève de Rochechouart, évêque d'Arras, défendit autrefois, sous peine d'excommunication, à tous les fidèles soumis à sa conduite d'aller à la comédie (1). Si l'Eglise avait en main quelque chose de plus terrible que cette formidable censure, ce serait contre de pareils monstres qu'il faudrait l'employer. Mais à quoi cela servirait-il? la crainte des foudres de l'Eglise arrêterait-elle des gens que la crainte de l'enfer ne peut arrêter? Au reste, je suis bien aise de vous dire qu'il y a dans Paris bien des gens habillés en ecclésiastiques, qui n'ont pas même la simple tonsure. J'ai mangé autrefois chez un haut et puissant seigneur, avec l'envoyé d'une république, qui était vêtu en abbé, uniquement pour

---

(1) Voyez son mandement imprimé à Paris chez Pierre Ballard, en 1696.

épargner la dépense ; combien d'autres peuvent-être dans le même cas ? C'est un abus ; il serait à souhaiter, à raison des conséquences, qu'on pût y remédier : si on n'ôtait pas tout le scandale, au moins en lèverait-on une partie. Mais continuons d'entendre les apologistes du théâtre.

4°. Il est, nous dit-on encore, autorisé à Rome, comme ailleurs. Voilà une objection que j'ai entendu faire cent fois. On y a répondu, 1° qu'à Rome il ne monte aucune femme sur le théâtre, ce qui est déjà un grand mal de moins ; 2° qu'on n'y joue point de pièces qui n'aient été vues par le grand inquisiteur, et que par conséquent il n'y a guères d'autres licence à craindre que celle qui vient des attitudes. Mais voici quelque chose de plus formel. Je le prends d'un auteur qui, grâce à Dieu, vit encore. Le père Richard, après avoir prouvé, par l'autorité du savant cardinal d'Aguire, de Mariana, de Mendoza, d'Escobar même, et d'un grand nombre de docteurs espagnols, que les spectacles ne sont pas plus permis en Espagne que partout ailleurs, continue ainsi (1) : « Pour ce qui est de l'Italie, nous ne pouvons produire un monument ni plus récent, ni plus fort, ni plus certain des sentiments des souverains pontifes touchant les théâtres, que le *Traité latin des*

---

(1) Dictionnaire du P. R., tome V, page 152.

Spectacles, imprimé à Rome en 1752, par le célèbre père Concina, dominicain. Ce savant religieux nous apprend trois choses dans cet excellent
Traité. La première, qu'il l'a composé à la per-
suasion de Benoît XIV, dont les lumières sont
connues de toute l'Europe ; la seconde, que le
même pape a donné, le 1er janvier 1748, une
déclaration authentique, par laquelle il proteste à
tout le monde qu'il ne tolère les spectables qu'à
regret ; et la troisième, que ce même pape encore
combat les spectacles en différents endroits de
ses ouvrages : » c'est-à-dire, qu'on ne les souffre
dans ses états, que par le principe qui obligeait
saint Augustin à souffrir des lieux de débauche ;
lieux infâmes, qu'on ne tolère que pour éviter
des passions plus noires : *Tolle meretrices, et om-
nia replesti libidinibus.*

Je connais trop, ma chère fille, votre goût
pour la piété, et la crainte que vous avez d'offenser Dieu, pour douter un moment que de tous
ces principes vous n'infériez qu'il ne vous est
point du tout permis d'aller aux spectacles, et
que vous ne pouvez y assister librement sans péché mortel. N'y eût-il que du doute, c'en serait
assez. Mais il y a quelque chose de plus fort, je
vais en deux mots vous le remettre sous les yeux.

1°. En allant aux spectacles, vous autorisez les
acteurs par votre présence, vous fournissez à leur
entretien ; vous coopérez, par conséquent, au péché
dont ils se rendent coupables en représentant :

car il n'y aurait point d'acteur s'il n'y avait point de spectateur. Ainsi ces airs lubriques, ces intrigues de galanterie, ces termes sacriléges de vœux et d'adorations cent fois prodigués à une femme impudique; la vertu avilie, et le crime récompensé, jusqu'à finir une pièce par ce vers d'un triomphe (1) : *Et je jouis enfin du prix de mes forfaits.* Tout cela est sur le compte du spectateur, parce que c'est pour lui et par lui, comme cause morale, que tout cela s'exécute. C'est en conséquence de ces réflexions, qui sortent naturellement d'un cœur où règne la piété, qu'une auguste princesse (madame Anne-Henriette de France) disait un jour à une personne de confiance, qu'elle ne concevait pas comment on pouvait goûter quelque plaisir aux représentations du théâtre, et que pour elle c'était un vrai supplice (2). « Je vous avoue, continuait-elle, que quelque gaie que je sois en allant à la comédie, sitôt que je vois les premiers acteurs paraître sur scène, je tombe tout-à-coup dans la plus profonde tristesse. Voilà, me dis-je à moi-même, des hommes qui se damnent de propos délibéré pour me divertir. Cette réflexion m'occupe et m'absorbe

-----

(1) Voyez la lettre de J. J. Rousseau à M. d'Alembert.

(2) Ce fait est rapporté par M. l'abbé Clément, dans ses *Maximes pour se conduire chrétiennement dans le monde.*

tout entière pendant le spectacle. Quel plaisir pourrais-je y goûter ? »

2° Ce n'est pas du seul péché des acteurs que vous vous rendez coupable, vous coopérez encore à celui des personnes que votre exemple autorise à fréquenter les spectacles. Rien de moins décisif, rien néanmoins qui, dans le train ordinaire, décide davantage que ce mauvais raisonnement : « Tel et telle, qui ont des mœurs, ne se font aucun scrupule d'aller à la comédie, et pourquoi donc me ferais-je un devoir de n'y point aller ? » De tout temps, l'exemple a plus fait d'impression que les paroles. Une jeune personne ne se mettrait pas immodestement, si sa voisine la priait de le faire ; elle le fera par imitation. Le tyran des modes fait plus de conquêtes que les plus fortes invitations.

3° Tous les moments de votre vie appartiennent à Dieu. C'est un talent qu'il vous a chargé de faire valoir. Vous savez la triste récompense du serviteur qui enfouit le sien. Il ne l'avait ni joué, ni bu, ni scandaleusement dissipé, et cependant il fut jeté dans les ténèbres extérieures. Seriez-vous plus innocente que lui ; ou plutôt ne seriez-vous pas beaucoup plus coupable, si, sous prétexte d'un délassement, dont jusqu'ici vous vous êtes si bien passée, et dont tant d'autres se passent éternellement, vous alliez consacrer des deux ou trois heures, je ne dis pas à la bagatelle, ce qui serait déjà un grand mal, mais au démon de la perfidie, de la vengeance, de la volupté et des autres passions, qui tour à tour, et souvent toutes ensemble, règnent sur le théâtre.

4° Ajoutez, pour finir, 1° qu'en assistant à la comédie, vous violez les lois de l'église, qui condamne et les spectacles et ceux qui les représentent, 2° que faible ou forte, vous vous exposez à un danger presqu'inévitable d'offenser Dieu ; et que vous l'offensez même, parce que vous faites une action qui ne peut lui être rapportée.

Voilà une lettre dont la lecture vous fatiguera pour plus d'une raison ; mais qu'importe, pourvu qu'elle vous soit utile. Puisse-t-elle encore l'être à d'autres : je ne leur demande pour toute reconnaissance qu'une seule chose qui leur coûtera peu : c'est de dire tous les matins, dans leurs prières : « Mon Dieu, faites-moi la grâce de ne faire aujourd'hui que ce que je serai bien aise d'avoir fait à l'heure de la mort. »

Je m'unis à vos prières, et je suis jusqu'au dernier moment, avec tous les sentiments qui vous sont dûs, votre, etc.

SECONDE LETTRE

SUR LA LECTURE DES ROMANS,

A LA MÊME.

———

Enfin, grâces à Dieu, votre parti est pris ; et vous avez si bien arrangé vos affaires, que jamais vous ne mettrez le pied aux spectacles. Mais en récompense on veut que vous lisiez des romans. La petite bibliothèque de madame votre tante en est remplie. C'est à votre honneur et gloire qu'elle les a si fort multipliés : quel malheur s'ils allaient rester inutiles ! Il ne convient pas, dit-elle, que lorsque l'on parle de ces chefs-d'œuvre de l'art, vous restiez comme une statue. Elle ajoute que ces sortes de lectures donnent du style, qu'elles ornent l'esprit, qu'elles fournissent du sel et de l'agrément à la conversation. Enfin, elle est bien persuadée que je suis trop raisonnable pour vous les interdire, après vous avoir retranché la comédie; que ce serait vouloir métamorphoser en religieuse une fille destinée à vivre dans le monde; que chaque état a ses lois, ses principes, ses bienséances, et que ce qui est bon dans l'un serait fort déplacé dans l'autre. Au moins veut-elle que si, à mon ordinaire, j'outre les choses, vous puissiez en consulter d'autres. J'y consens de grand cœur, et, pour entrer dans ce plan, je vais vous donner l'avis d'un homme qu'on n'a point encore accusé de rigorisme : je ne ferai que transcrire un morceau d'un petit ouvrage qu'il a fait à l'usage de la jeunesse (1) : je le terminerai par un trait d'histoire très-court, et qui n'est inconnu qu'à ceux dont toute la vie s'est passée à lire des livres fabuleux.

« Les romans, dit cet auteur, mettent du faux dans l'esprit, parce qu'ils ne sont jamais pris sur le vrai. Ils allument l'imagination, affaiblissent la pudeur, mettent le désordre dans le cœur; et pour peu qu'une jeune personne ait de la disposition à la tendresse, ils hâtent et précipitent son

---

(1) Il a pour titre : *Etrennes à la Jeunesse*, et se vend chez la veuve Duchesne. Ce que j'en ai lu en différents endroits, m'en a donné une bonne idée. Plût à Dieu que l'auteur eût toujours travaillé dans le même goût.

penchant. Il ne faut point augmenter le charme ni l'illusion de l'amour ; plus il est adouci, plus il paraît modeste, et plus il est dangereux.

» Rien n'est plus pernicieux pour les mœurs que des romans, qui d'abord séduisant par les grâces du style, offrent au lecteur des images de volupté, où la pudeur, ménagée avec art, n'en est que plus blessée ; où l'on voit des caractères de femme mi-partis de faiblesse et de vertu, de passion et d'honneur, et où la plus vive tendresse règne dans les expressions... Que présentent aujourd'hui nos romans? Des gens du bel air, des femmes à la mode, infidèles à leurs époux, des précieuses qui jouent les beaux sentiments. Voilà les acteurs de ces sortes de pièces, le rafinement du goût des villes, les maximes de nos esprits philosophiques, l'appareil du luxe, la morale épicurienne. Voilà les leçons qu'ils présentent et les préceptes qu'ils donnent. Le coloris des fausses vertus ternit l'éclat des véritables, le manége des intrigues y est substitué aux devoirs réels, les beaux discours font dédaigner les belles actions, et la simplicité des bonnes mœurs passe pour rusticité. Je ne connais, poursuit l'auteur, des romans vraiment amusants, sans danger pour les mœurs, que Télémaque... encore souhaiterais-je que ses amours avec Eucharis ne s'y trouvassent pas. »

Voilà, ma fille, ce que pense des romans cet

écrivain, et je pourrais vous en citer cinquante autres, tous gens du monde et de beaucoup d'esprit, qui pensent comme lui. Si on vous dit que son tableau est un outré, et qu'il ne peint que d'après son imagination, jetez un regard sur la vie de sainte Thérèse. Elle fut vertueuse, et presque trop vertueuse dès l'enfance. Elle se soutint long-temps dans la ferveur; malheureusement elle tomba sur des histoires romanesques. Son esprit les goûta, et son cœur les goûta encore plus. Bientôt le relâchement prit la place de cet ardeur qui la faisait soupirer après le martyre. Dans ces livres contagieux, elle apprit la vanité, le luxe, l'amour des compagnies, la passion de la vaine gloire, et par dessus tout, un désir si vif de se faire aimer, que, quoique toujours fort éloignée de toute mauvaise intention, elle se montait chaque jour sur ce ton d'ajustement et d'élégance qui fixe les regards du siècle et attire ses vains hommages.

Heureusement la lecture des Epîtres de saint Jérôme vint à la traverse, et l'arrêta sur une pente qui l'avoisinait du précipice. Les confessions de saint Augustin achevèrent le reste et lui apprirent à pleurer, non le désastre de Didon, mais son propre affaiblissement. Respectée aujourd'hui dans toutes les églises du monde, beaucoup moins pour le brillant de son imagination, la pureté de son style, l'étendue de son génie, que pour son éminente vertu (1); que serait elle, si elle avait continué à marcher par la route qu'elle avait enfilée ? Son nom se serait perdu dans les ténèbres de l'oubli, comme celui de mille autres romancières de son temps ; et plaise au ciel qu'elles en aient été quittes pour cela au tribunal de celui qui devant juger une parole oiseuse, ne peut que condamner une lecture plus qu'inutile.

Cette réflexion me mène à une autre : pourquoi des romans dans un siècle où nous avons tant de bons livres de toute espèce ? pourquoi du faux , quand nous sommes environnés de vrai. Gusman d'Alfarache vous instruira-t-il plus solidement que le discours sur l'Histoire universelle , par M. Bossuet ? Eprouverez-vous , après la lecture de Gil-blas , ce mouvement d'admiration qui saisit après la lecture de la vie du grand Théodose , par M. Fléchier? Trouvererez-vous plus de douceur dans le plus doux des héros imaginaires , que dans saint François de Sales, etc? Que s'il vous faut absolument des histoires grecques et romaines, sûrement vous n'en manquerez pas. Mais j'ai deux avis à vous donner ; l'un, que les histoires géné-

---

(1) On a, depuis peu , ouvert le tombeau de sainte Thérèse; et son corps a été trouvé tout entier. Elle mourut âgée de soixante-huit ans, le 14 octobre 1582, et fut enterrée le lendemain 15 du même mois. Voilà un petit problème pour votre jeune voisine.

rales vous procureront bien un délassement momentané, mais que vous n'en retiendrez presque rien, parce que la chaîne qui les compose est si souvent coupée par des évènements sans liaison, qu'elle ne peut former dans l'esprit un tissu suivi; l'autre, qu'il y a des histoires, même purement civiles, qui ne sont si bien reçues, que par ce qu'on y décrie à tout propos les pontifes de l'église de Dieu; et qu'uniquement pour les battre, on les fait venir à toute force dans des endroits où on se donnerait bien de garde de les placer, s'il n'y avait que du bien à en dire.

Adieu, ma fille, je compte que vous ne m'oublierez pas dans ces jours de miséricorde, où l'Eglise soupire après cet enfant chéri des cieux, qui ne vient pas pour juger le monde, mais pour le sauver.

Ce 21 décembre 1665.

P. S. J'oubliais de vous dire que vous n'avez pas besoin d'aller à Saint-Cyr pour lire les *Colloques*, ou entretiens que l'illustre et sage madame de Maintenon a composés pour ses demoiselles. Quelqu'un a eu l'adresse d'en avoir une copie, qu'il a fait imprimer chez Duchesne, sous le titre de *Loisirs de madame de Maintenon*. Mais il faut avouer que quelque beaux qu'ils soient par eux-mêmes, ils tirent un nouvel agrément de la manière dont on les récite à Saint-Cyr. S'ils ne sont pas en usage dans la maison des dames Ursulines où vous avez été élevée, vous ferez très-bien de les y introduire. Pour les entendre avec tout le plaisir qu'ils sont capables de procurer, il ne faut, avec une mémoire juste, qu'un air aisé et un débit naturel. Je n'ai point lu, ni ne lirai jamais la nouvelle Héloïse ; son trop fameux auteur en permet la lecture aux femmes, etc. « Quant aux filles, continue-t-il, c'est autre chose. Jamais fille chaste n'a lu des romans..... ; celle qui osera lire une seule page de celui-ci, est une fille perdue ; mais qu'elle n'impute pas sa perte à ce livre, le mal était fait d'avance.

Quel homme, grand Dieu ! une seule page de son roman perdra une fille chaste, et au moyen de cet avis qui ne servira à rien, il ne frémit pas de le mettre entre les mains du public.

Au reste, quand votre bon cousin, le baron de *** viendra à l'ordinaire vous vanter *Émile*, comme le chef-d'œuvre d'un homme aussi neuf qu'il est profond ; vantez-lui à votre tour *les Plagiats de J.-J. Rousseau et le Déisme réfuté par lui-même*. Le premier de ces deux ouvrages vous apprendra que cet homme neuf n'a rien dit qui n'eût été dit par les impies qui l'ont précédé. Le second démontrera que cet homme profond et judicieux n'a pas avancé une maxime dans un endroit, qu'il n'ait combattue et renversée dans un autre. C'est ainsi que les sages du siècle se détruisent eux-mêmes, et préludent par leur propre jugement à celui qui leur est préparé. En vérité, le pieux auteur du livre de l'*Imitation* a bien eu raison de dire qu'un humble villageois qui sert Dieu dans la simplicité vaut mieux qu'un orgueilleux philosophe qui s'évanouit dans ses pensées. Tenons-nous-en là, M. C. F. Si, comme le prétendent les beaux esprits du temps, cette morale ne nous sauve pas, au moins est-il sûr qu'elle ne peut nous perdre ; l'argument du plus sûr sera toujours un argument bien fort. On peut le mépriser pendant la vie ; il est bien difficile de le mépriser quand on est sur le point de paraître devant Dieu. Je vous ai souvent parlé contre la religion, disait à ses domestiques un grand prince prêt à mourir, mais je ne croyais pas ce que je vous en disais ; c'est-à-dire, je voulais m'étourdir, et j'étais bien aise d'avoir des gens qui s'étourdissent avec moi. Profitons du malheur d'autrui, et tâchons de faire que personne ne profite du nôtre. Je suis encore une fois avec les plus respectueux sentiments, etc.

MAXIMES CHRÉTIENNES

POUR CHAQUE JOUR DE LA SEMAINE.

LISEZ, RELISEZ ; GOUTEZ, MAIS SURTOUT PRATIQUEZ (1).

I. Ne vous y trompez pas, vous n'avez, à proprement parler, qu'une affaire dans ce monde, et c'est celle de votre éternité. Vous avez beau fuir, vous y viendrez nécessairement, et vous y viendrez bientôt. Entre cette vie et l'éternité, il n'y a qu'un moment d'intervalle.

---

(1) Voyez les Maximes qui sont à la fin des *Instructions Chrétiennes pour conduire les âmes à la perfection de l'humilité*, chez Prault, 1753. On y en a joint d'autres qu'on a puisées en grande partie dans de bons auteur.

5.

II. La mort s'approche de vous, pensez-y, approchez-vous d'elle. Vous ne tarderez pas à mourir; n'est-il pas temps que vous songiez à vivre, et vit-on quand on vit mal? Quelle folie d'attendre à commencer quand il faut finir. *Demain*, dites-vous, *demain* : hélas! peut-être n'y a-t-il plus de demain pour vous. A peine avez-vous un moment, et vous comptez sur un siècle.

III. Pensez-y sérieusement : on ne meurt bien ou mal qu'une seule fois. En courant au péché, que faites-vous? que courir au feu d'enfer. Le plaisir passe et s'évanouit, vous l'avez éprouvé cent fois; mais la peine reste et ne finira jamais; craignez de l'éprouver. Il est aisé de faire de la dépense; mais enfin il faudra compter. Le temps de ce compte s'avance, et de votre côté rien n'est prêt.

IV. Voulez-vous avoir la paix, faites-vous la guerre. Ne vous pardonnez rien, et Dieu vous pardonnera tout. Punissez-vous hardiment, c'est le moyen de vous sauver. Un bonheur éternel vaut bien un moment de peine. Si vous ne détruisez le péché, immanquablement le péché vous détruira. Quelle fureur de perdre le ciel pour un pouce de terre, pour une vapeur que souvent nous ne pouvons atteindre, et qui nous échappe quand nous croyons la posséder.

V. On monte mieux au ciel par le chemin de l'oubli et des humiliations, que par celui de la gloire et des honneurs. Si le monde est votre croix, Jésus-Christ sera vos délices. Si vous portez bien la croix, la croix vous portera. *Ou souffrir ou mourir,* ce fut la devise de sainte Thérèse. *Souffrir plutôt que d'offenser Dieu,* ce doit au moins être la vôtre. Mais, ô mon Dieu, est-il même bien vrai qu'on souffre quand on ne souffre que pour ne pas vous offenser. *Dans toutes mes peines,* disait l'apôtre, *une joie pure inonde mon cœur.* Souffre-t-on quand on nage dans la joie?

VI. Tournez-vous en tous sens, donnez-vous tous les mouvements imaginables, parcourez, comme Salomon, la route de tous les plaisirs, il faudra enfin que, comme lui, vous en veniez à dire qu'il n'y a de plaisir, de vrai repos qu'en Dieu; que tout le reste n'est que vanité, qu'affliction d'esprit. L'affliction et la vanité méritent-elles qu'on se donne tant de peine pour y parvenir? C'est acheter bien cher du pain d'absynthe et de l'eau d'amertume.

VII. Ce n'est pas s'aimer soi-même que de n'aimer pas son salut. C'est outrager la raison que sacrifier à un corps qui sera un jour dévoré des vers une âme qui doit durer éternellement. Tel rit ce matin qui, avant la fin du jour, brûlera dans l'enfer. A quoi pensez-vous de jouer sur le bord du précipice ? On n'est jamais plus en danger que quand on ne craint point le danger. Pécher et ne point trembler, c'est être fou ou plus qu'infidèle.

VIII. Voulez-vous mourir avec confiance, vivez saintement. Vous n'êtes sur la terre que pour Dieu ; n'êtes-vous pas confus de ne rien faire de ce que vous êtes venu faire ? Tout ce que vous ne rapportez qu'à vous-même est perdu. Jamais vous ne vous oubliez plus que quand vous ne travaillez que pour vous. Vivre sans agir pour Dieu, c'est, à proprement parler, mourir en vivant. Ah ! donnez à Dieu sans réserve, et il vous donnera sans mesure. Donnez-lui pour un temps, et il vous donnera pour toujours. Donnez-lui quelque partie de vos biens, et il se donnera tout entier à vous.

IX. Faites-vous petit, c'est le moyen de devenir grand. Plus les hommes vous oublieront, moins Jésus-Christ vous oubliera. A la suite d'un Dieu anéanti on ne monte qu'en descendant. Ne dites pas qu'on vous humilie, on vous met seulement où vous devez être. Vous avez mérité l'enfer, et dès-lors, quelque place qu'on vous donne, on vous met encore trop haut. Voulez-vous vous élever d'un vol libre, quittez tout fardeau capable de vous attacher à la terre : commencez par celui qui vous attache à vous-même. *Ut vastum mare trahent , prudentes , onus eximunt.*

X. C'est peu d'être doux dans les caresses, il le faut être aussi dans les rebus et les mauvais traitements. La douceur et la patience sont les grandes leçons du Sauveur. De qui êtes-vous disciples, si vous n'écoutez pas ce grand, ce parfait modèle ? Ce n'est pas être chrétien., c'est être païen , que de rendre injure pour injure. Voulez-vous vous bien venger, accablez de biens ceux qui vous accablent de maux. L'aigreur que vous gardez dans le cœur ne tourmente que vous , et ne tourmente pas votre ennemi. Une âme bien tranquille est un trône où Dieu se fait un plaisir de reposer.

XI. Il ne faut qu'un seul péché pour obliger à des larmes éternelles celui qui l'a commis. Après tant d'offenses, comment vos yeux sont-ils si secs ? Quel état plus déplorable que celui d'un malheureux qui ne pense pas même à déplorer sa misère ? Comment se réjouir dans l'incertitude d'une vie ou d'une mort éternelle ? Comment donc se réjouir quand on a infiniment plus lieu de craindre la mort que d'espérer la vie ? Ah ! pleurez donc, mes yeux. Que vos paupières ne se ferment ni le jour ni la nuit; que ma vie s'écoule dans la douleur , et le reste de mes années dans les gémissements. *Deficiat in dolore vita mea , et anni mei in gemitibus.* Cette pensée seule ranime mon espérance, et je sens déjà, ô mon Dieu, que le grand moyen de vous gagner, c'est de gémir et de crier après vous. Je sens que les plaisirs du siècle qui m'ont si long-temps séduit, ne valent pas une larme de componction.

XII. La vie s'écoule avec la rapidité des torrents, et vous n'y pensez pas. Dans un moment vous serez au bout. De tant de millions d'hommes qui sont sur la terre, chacun peut dire : *J'étais hier,* pas un seul ne peut dire : *Je serai demain.* Vous dites, il est vrai, que vous voulez aller au ciel ; mais en prenez-vous le chemin ? Ne vous y trompez pas, la voix large où vous marchez à la suite des autres ne mène point au paradis ; et où peut-elle donc mener si ce n'est en enfer ? Qui a ses aises en cette vie ne peut les avoir en l'autre. Il n'y a que deux routes qui conduisent au port du salut, l'innocence et la pénitence. Vous ne vous flattez pas de la première, pourquoi n'entrez-vous pas dans la seconde? Si vous prétendez au bonheur des saints, vivez comme ont vécu les saints. Comptez-vous avoir pour rien ce qui leur a tant coûté ? Haïssez dès cette vie ce que vous voulez haïr dans l'autre. Aimez dès aujourd'hui ce que vous prétendez aimer dans l'éternité. La bonne mort est un chef-d'œuvre ; il faut bien des coups d'essais pour y réussir.

XIII. Etre rassasié, c'est le partage des bien-heureux : le nôtre est d'avoir faim et soif. C'est dans l'oraison qu'on se désaltère. Pourquoi cette source féconde vous est-elle si inconnue? La sainte ivresse spirituelle qui anime au combat les héros chrétiens, fut toujours le fruit d'une longue prière dictée par l'esprit de la foi et nourrie par l'esprit d'amour. Veiller, prier, combattre, aspirer, sont les grands points de la perfection. L'indo-lence se fait un monstre de ces vertus : illusion pure. Une forte résolution surmonte ce qui répu-gne à la nature. Augustin eut plus de combats à soutenir que vous : dès qu'il eut bien pris son par-ti, tout s'applanit. Pourquoi ne pourriez-vous pas, avec le secours du ciel, ce que tant d'autres ont pu? Vous dites sans cesse : *Je ferai;* dites une bonne fois : *M'y voilà, j'ai commencé.* Dixi nunc cœpi. *Psalm.* 76. Ce ne sont pas les bons dé-sirs qui sauvent; l'enfer en est rempli : ce sont les bonnes œuvres. Au nom de Dieu, ne différez donc plus.

XIV. Il est vrai qu'ici comme ailleurs, les commencements sont quelquefois bien pénibles. Mais tenez bon : la grâce de Jésus-Christ, qui vous soutiendra, est mille fois plus forte que tout l'en-fer. Une âme qui craint Dieu, qui met en lui toute sa confiance, est capable de tout. Je me verrai seul et abandonné, je verrai contre moi une légion d'ennemis qui ont conjuré ma perte, et je ne crain-

drai pas. Sera-ce, mon Dieu, parce que je compte
sur mon arc et sur mes flèches? Non, Seigneur,
mais c'est que je sais que vous êtes à mon côté,
que vous combattez pour moi, et que vous ne m'a-
bandonnerez pas, si, par mes infidélités, je ne
vous force à m'abandonner.

XV. Pour avoir accès auprès des grands du siècle, il faut gagner par des présents leurs premiers
domestiques ; pour avoir accès auprès de Dieu, il
faut aussi gagner par des présents les pauvres qui
sont ses premiers serviteurs. Si les misères d'autrui ne vous touchent point, vos misères ne tou-
cheront point votre juge. Pour obtenir miséricorde, il faut faire miséricorde. Quelle compassion
peut attendre de son maître celui qui traite ses
frères sans compassion ? Ne regardez pas l'aumône
comme une simple grâce : c'est un paiement et un
trafic. Par elle vous acquittez vos dettes ; par elle
vous échangez un trésor qui passe, contre un trésor qui ne passera jamais. C'est donc se faire à soi-
même un très-grand bien, que d'en faire à ces
misérables. En soulageant le corps de votre frère,
vous soulagez votre âme, vous la délivrez de l'enfer. Le bien que vous faites à l'indigent est très-
peu de chose ; le bien que vous vous faites, c'est
votre rançon que vous payez. Vous n'avez rien qui
ne soit à Dieu : il vous en a donné une partie pour
vos besoins, et le reste pour les besoins du pauvre.

En donnant, vous ne faites que remplir les clauses du contrat.

XVI. Un artisan qui pense, veut exceller dans sa profession. La vôtre est d'être chrétien : avez-vous jamais songé à vous y rendre parfait? Vous devez beaucoup à Dieu ; je ne vous demande pas si vous vous êtes acquitté envers lui ; je vous demande si vous avez seulement pensé à le faire. Vous êtes souvent désœuvré du matin au soir : vous ne savez à quoi vous occuper. Est-ce que vous n'êtes pas chargé de travailler à votre salut ; et votre salut n'est-il pas une assez grande affaire ; ou est-ce une affaire que l'on puisse différer? Insensé, peut-être que cette nuit même on vous demandera raison de votre âme ; sera-t-il bien temps pour lors d'arranger vos comptes.

XVII. C'est une grande science que l'humilité ; mais il en coûte pour l'acquérir. « Il y a, disait un grand saint du dernier siècle, il y a quarante ans que je fais ma méditation sur l'humilité. » Son humilité le trompait, et peut-être que personne ne l'a jamais mieux possédé. Etudiez-la comme lui. C'est aux pieds d'un Dieu anéanti qu'on l'apprend. Sans elle toutes les vertus sont en danger, ou ne sont qu'un fantôme. Le même Dieu qui donne sa grâce aux humbles, résiste constamment aux superbes. Il renverse les puissants du trône où ils se sont placés, et il élève ceux qui sont petits à leurs yeux, qui ne souffrent pas avec patience, mais qui voient avec plaisir qu'on les méprise, et qui sont charmés quand on les traite comme le rebut et la balayure du monde. Quel sujet de confusion, mais en même temps quel sujet de crainte pour vous, qu'une parole moins ménagée aigrit ; et dont la devise est que *vous ne voulez pas qu'on vous manque.* « Ne croyez pas, dit un homme sage, avoir fait grand progrès dans le chemin de la vertu, tant que vous ne pourrez pas supporter une confusion sans trouble, une correction sans excuse, une mortification sans plainte, un commandement opposé à votre goût sans réplique, une calomnie sans ressentiment. »

XVIII. Que la conduite des vrais serviteurs de Dieu a été différente de la vôtre! Le dernier siècle en a vu un qui, persécuté par l'hérésie avec toute la fureur dont elle s'arme contre ceux qui osent lui résister, avili, dégradé dans tout le royaume, chansonné dans les places publiques, trouvait dans une croix naturellement si dure, un torrent de joie si parfaite, si animée, qu'il ne pouvait en contenir les transports. Il s'en humiliait devant Dieu, comme une personne naturellement modeste s'humilie à la vue d'une distinction trop marquée. « O mon Seigneur, s'écriait-il souvent, par où ai-je mérité que vous me traitiez comme vos plus chers favoris? Pourquoi me donnez-vous en partage la douleur, le mépris, les humiliations? Ces faveurs sont la précieuse portion de vos premiers-nés. Un pécheur comme je suis n'en était pas digne. » Si vous n'allez pas, comme ce saint prêtre, jusqu'à tressaillir de joie dans vos peines, allez du moins jusqu'à les souffrir avec patience, avec soumission à la volonté de Dieu.

XIX. Pour commencer à bien vivre, prenez le contrepied du monde. On y aime les nouvelles du siècle, dédaignez-les. On s'y plaît à médire quelquefois avec emportement, quelquefois avec délicatesse : songez alors que celui qui décrie son frère ne peut plaire à Dieu; que celui qui est décrié peut être du nombre des élus; qu'il n'est point de faute commise par un homme, dont un autre homme ne soit capable; que Salomon, après avoir étonné tout l'univers par la sagesse de ses premières années, l'a étonné par la chute de sa vieillesse; et que son salut sera jusqu'à la fin des siècles un problême aussi effrayant qu'il est difficile à résoudre. Alors la faute de votre frère vous fera craindre votre propre fragilité. Quand on tremble pour soi-même, on plaint le sort des coupables, mais on ne les déchire pas.

XX. Vous avez, Seigneur, guéri par une seule parole des lépreux, des aveugles, des paralytiques, puisque tout vous est également aisé, et que la santé de l'âme coûte aussi peu à votre puissance que la santé du corps, c'est celle-là que je vous conjure de m'accorder. Brûlez, tranchez, coupez ce corps malheureux qui a tant de fois été l'instrument de mes désordres. Je souscrirai de bon cœur à vos arrêts les plus rigoureux, pourvu que vous me pardonniez dans l'éternité : *Hìc ure, hìc seca, hìc non parcas, modò in æternum parcas* (Saint Augustin).

XXI. Si vous avez des ennemis, pensez que Dieu en a aussi lui-même. Vous avez pour ennemi un homme, qui est créature de Dieu comme vous ; mais Dieu a pour ennemi sa propre créature. Votre ennemi ne vous fait que du bien, si vous savez lui pardonner, et si vous ne lui pardonnez pas, vous vous faites mille fois plus de mal que tous les ennemis du monde ne saurait vous en faire. Pardonner à un ennemi, dit Tertulien, c'est se venger plus efficacement que si on en tirait raison ; puisqu'il doit être puni plus sévèrement de Dieu, pour l'amour duquel on lui pardonne, qu'il ne pourrait l'être par les hommes. Mais je n'ai garde, ô mon Sauveur, de vous demander le châtiment de ceux qui me haïssent ; ce ne serait pas leur pardonner, que de souhaiter que vous ne leur pardonnassiez pas. Trop heureux de recouvrer votre amitié en leur pardonnant, je vous demande aussi qu'ils la recouvrent, en reprenant pour moi les sentiments que vous ordonnez d'avoir. Dès ce moment, Seigneur, je vous offre pour eux, comme pour moi, le peu de bien que je pourrai faire durant tout le cours de ma vie.

XXII. Rien de plus commun, mais rien de plus déplacé, de plus méprisable, que ce zèle pharisaïque qui rend éclairé et régulier pour les autres, tandis qu'on ne sait ce que c'est que de réfléchir sur soi-même, et qu'on ne songe à rien moins qu'à régler sa conduite. Le laïque corrompu se trouve éloquent sur les devoirs des ecclésiastiques ; le séculier mondain ne parle que de réforme pour le religieux ; le magistrat injuste se répand en invectives contre les scandales de la cour. Rendez chrétien, rendez sincère et utile ce zèle faux et souvent injuste en l'employant d'abord sur vous-même. Hypocrite, commencez par ôter de votre œil la poutre qui l'offusque, et vous songerez après cela à ôter la paille de l'œil de votre frère.

XXIII. Un guide aveugle dans les voies du salut ne peut manquer de vous faire tomber avec lui dans la fosse ; mais le choix de ce guide dépend de vous avec le secours de la prière et de la grâce. Ne le prenez donc point au hasard, et moins encore parce qu'il passe pour indulgent. N'en jugez pas non plus par certains talents qui flatteraient votre vanité, et qui ne les rendraient pas plus propre à les sanctifier. Assurez-vous qu'il puise ses lumières dans des sources pures, et qu'il ne vous en indiquera point d'autres. Enfin, ne vous livrez jamais à lui jusqu'à vous aveugler sur son compte. On peut nuire, après avoir beaucoup servi.

XXIV. La divine semence ne fructifie pas dans un cœur trop ouvert aux objets extérieurs, elle ne peut pas même y germer. Un chrétien doit donc avoir chaque jour ses heures de recueillement, et prendre sur ses occupations le temps nécessaire pour écouter en silence et avec fruit la voix de Dieu. Il parle dans l'oraison, il parle dans les lectures spirituelles; faites-vous une règle inviolable de n'y manquer jamais. Traitez votre âme comme vous traitez votre corps; vous donnez après coup à celui-ci la nourriture que vous n'avez pu lui donner à l'heure marquée; faites la même chose par rapport à votre âme. N'aurais-je donc pas, ô mon Dieu, n'aurais-je pas le courage de donner tous les jours quelques heures à une affaire à laquelle je serai un jour au désespoir de n'avoir pas donné tous les moments de ma vie!

XXV. Jésus-Christ propose à ses disciples un enfant pour modèle de leur conduite et de la grandeur chrétienne; c'est-à-dire, que la candeur, la simplicité, l'innocence, l'humilité peuvent seules nous rendre grands aux yeux de notre divin Sauveur. Il ne se reconnaît que dans cette heureuse enfance; et plus elle est parfaite, plus elle nous rend semblables à lui. Quelle différence de cette grandeur à celle qu'ambitionnent les enfants du siècle! Mais quoi qu'ils en pensent, cette même grandeur qui consiste à se faire petit, est véritable et solide; c'est Dieu même qui l'a décidé. Elle est sûre; personne ne nous la dispute, et ne songe à nous l'enlever. Mais, hélas! qu'elle est difficile à acquérir pour l'homme corrompu, qui juge de tout par les sens, et qui n'est frappé que de ce qui frappe les yeux d'une multitude aussi aveugle que lui. Les orgueilleux changeront bien de sentiments après leur mort, s'ils n'en changent pendant leur vie. Vous voilà donc foudroyés aussi bien que nous, diront un jour les démons à ces hommes si fiers de leur naissance, de leurs dignités, de leurs talents : « Vous êtes enfin semblables à nous, voilà votre vanité abattue et humiliée jusque dans les enfers.

XXVI. On s'imagine qu'il faut faire des choses extraordinaires pour se sauver, c'est une erreur. La femme forte n'est louée dans l'Ecriture que pour son application à tous les devoirs d'une mère de famille. L'homme du monde même trouve dans ce qu'il est obligé de faire chaque jour tout ce qu'il faut pour se sanctifier. On est saint, quand on fait ce que Dieu veut; et on fait ce que que Dieu veut, quand on remplit les devoirs de l'état auquel il nous a appelés. Au reste, croire en Jésus-Christ, et ne pas suivre les lois qu'il nous a prescrites, c'est la contradiction la plus insensée.

XXVII. Quand on vous demande si vous aimez Dieu, vous regardez cela comme une espèce d'insulte. Oui, sans doute, je l'aime, répondez-vous avec feu; mais prenez-y bien garde. Aimer Dieu de tout son cœur, c'est l'aimer plus que toutes choses ; c'est être prêt à lui sacrifier ce qu'on a de plus cher sur la terre; c'est l'aimer dans tous les temps, dans toutes les circonstances de la vie, dans la maladie comme dans la santé, dans l'affliction comme dans la prospérité; c'est pouvoir dire avec l'apôtre : « Qui me séparera de l'amour de Jésus-Christ ? Non, ce ne sera ni la tribulation, ni les angoisses, ni la faim, ni la plus triste indulgence, ni les dangers, ni la persécution, ni le glaive tout prêt à m'immoler. »

XXVIII. On n'aime Dieu comme il faut que quand on aime véritablement son prochain. Pour l'aimer véritablement, il faut l'aimer comme soi-même. Mais l'aimer ainsi, c'est ne lui point faire, et ne lui point vouloir de mal; c'est en excuser les défauts, et en supporter les faiblesses; c'est l'aider dans ses besoins; en un mot, c'est le traiter en Dieu et pour Dieu, comme nous voulons qu'il nous traite. Mais, pensez-y bien, grands du monde, riches du siècle, votre prochain, c'est ce domestique qui vous sert, c'est ce malheureux qui vous demande l'aumône. Ils sont même vos frères, malgré la différence que la fortune met entre eux et vous, et qui peut-être changera bien à la mort, où le mauvais riche, du sein des flammes, voit Lazare dans le sein d'Abraham.

XXIX. Ah! Seigneur, que je passe mes jours dans l'obscurité, dans l'oubli, dans le plus humiliant mépris, que je les passe sans amis, sans appui, sans ombre de consolation; que je meure dans l'indigence, et dans un abandon universel, pourvu que je meure dans votre amour et que je sois sauvé; le salut répare en un moment toutes les disgrâces de la vie. Hé! que me servirait d'avoir été riche et puissant dans le monde, de m'y être distingué par les plus heureux talents, d'y avoir fait la plus brillante fortune, si j'étais assez malheureux pour me damner. Non, il n'y a dans la vie qu'un seul soin nécessaire, c'est le soin du salut. L'ai-je bien compris jusqu'à présent, et si je l'ai cru, en ai-je bien profité?

XXX. On s'acquitte avec soin des devoirs extérieurs de la religion; on se ferait même un scrupule de manquer à certaines pratiques de piété, qu'on s'est volontairement prescrites; tandis qu'on oublie ce qu'on doit à ses enfants, à ses domestiques, à son emploi, et qu'on nourrit des habitudes vicieuses qui détruisent l'amour de Dieu dans le cœur. C'est cependant la justice et la charité qui font proprement le chrétien; sans cela, les devoirs extérieurs, et les plus saintes pratiques de piété, n'en font qu'un pharisien et un hypocrite.

XXXI. Montagnes, tombez sur moi ! c'est le cri aussi continuel qu'inutile d'un réprouvé. « Je pouvais, se disait-il sans cesse, je pouvais me sanctifier comme ceux que je vois dans la gloire. Je n'ai manqué ni de temps, ni de grâce pour le faire. Il ne m'en eût pas beaucoup coûté, et, quoi qu'il m'en dût coûter, pouvait-il jamais m'en coûter trop ? Que n'ai-je alors suivi les saintes inspirations qui m'étaient données ! » A quoi tient-il, chrétien, que vous ne vous épargniez ces regrets éternels ? Il en est encore temps ; la salle du festin n'est pas encore fermée : mais peut-être le sera-t-elle dans une heure d'ici. »

POÉSIES INSTRUCTIVES.

—

PROLOGUE D'ESTHER.

O vous qui vous plaisez aux folles passions
Qu'allument dans vos cœurs les vaines fictions,
Profanes amateurs de lectures frivòles,
Dont l'oreille s'ennuie au son de mes paroles,
Fuyez de nos plaisirs la sainte austérité !
Tout respire ici Dieu, la paix, la vérité.

I. ÉPITRE A UN JEUNE SEIGNEUR PRÊT A ENTRER DANS LE MONDE.

Disce, puer, virtutem ex me, verumque laborem.
Enéide , liv. 12.

Jeune enfant que toujours j'ai porté dans mon cœur,
Toi que j'a. ultivé comme une tendre fleur,

Maintenant que tes sens, développés par l'âge,
Me font des passions redouter le ravage,
Que tu vas fréquenter ce monde corrompu,
Où l'or, le premier bien, tient lieu de la vertu,
Qu'engagé loin de moi dans les piéges du vice,
Tu marcheras sans frein au bord du précipice,
Puissé-je te tracer sur les pas de l'honneur,
Le chemin qui conduit au solide bonheur.

Dans le sein des grandeurs élevé dès l'enfance,
Ne t'enorgueillis pas de ta haute naissance.
Apprends que la noblesse est dans les sentiments,
L'antiquité du nom décore en vain les grands.
Le véritable honneur n'emprunte pas son lustre
Du hasard d'être né d'une famille illustre.
La naissance n'est rien, tout l'homme est dans le cœur;
Ses nobles actions sont seules sa grandeur.
Dois-je honorer un fat noyé dans sa mollesse,
Qui, me vantant l'éclat de sa vaine noblesse,
A l'ombre des lauriers qu'ont cueillis ses aïeux,
S'occupe de festins, de danses et de jeux;
Et richement paré, de lui-même idolâtre,
Le matin dans un char, et le soir au théâtre,
Perd dans l'oisiveté ses inutiles jours,
Plongés, déshonorés, dans de lâches amours.

Redoute des plaisirs la dangereuse ivresse,
Jeune homme, crains, surtout ton ardente jeunesse;
Crains que ton cœur, en proie à ses désirs naissants,
Ne goûte avec transport la volupté des sens,
Et qu'un jour amolli, vaincu par les délices,
Tu ne sois sous la pourpre esclave de tes vices.

D'un grand voluptueux connais-tu le malheur?
Le plaisir de son âme énerve la vigueur,
Dévore ses vertus, étouffe son génie,
Nourrit ses passions, ce tourment de sa vie,
Empoisonne ses sens, anéantit son corps,
Et plonge dans son cœur le poignard du remords.

« Tout me pèse, dit-il, dans ma grandeur suprême :
» Je tourmente mes jours à m'éviter moi-même.
» Je ne saurais porter le fardeau de mon cœur.
» Au sein des voluptés je cherche le bonheur,
» Mais le bonheur me fuit. Dans l'éclat d'une fête,
» L'ennui fane les fleurs qui couronnent ma tête,
» Et mes sens émoussés goûtent peu les plaisirs.
» L'amour rallume en vain le feu de mes désirs.
» L'amour, ce Dieu cruel, me trompe par ses charmes,
» Et son bandeau toujours est baigné de mes larmes.
» Ah ! lorsque sous le dais j'éblouis l'univers,
» Mes tristes passions tiennent mon âme aux fers.
» Partout je traîne un cœur que le chagrin consume,
» Un cœur lassé de tout, dévoré d'amertume ;
» Un cœur où le remords enfonce mille traits,
» Qui désire sans cesse, et ne jouit jamais. »

Tu frémis, je le vois, à ce triste langage :
O mon ami, fuis donc les dangers de ton âge ;
Arrache ta jeunesse aux charmes du repos,
Entre dans la carrière où marchent les héros ;
Va cueillir dans les champs les palmes de la gloire ;
Va t'immortaliser aux champs de la victoire,
Et consacrer enfin, par de nobles exploits,
Ton bras à ton pays, et ton cœur à tes rois !

Ainsi dans les combats ont illustré leur vie,
Ces guerriers qu'embrasait l'honneur de la patrie,
Ces braves-Châtillons, ces généreux Bayards (1),
Qui servaient leur pays au milieu des hasards,
Ces dignes chevaliers, dont la haute vaillance
Eut pour objet la gloire, et non la récompense.

Ah ! si, ressuscitant leur antique valeur,
Tu dois te signaler dans le champ de l'honneur,
Étouffe les transports de cet affreux courage,
Qui nous rend assassins pour venger un outrage.
Va, le meurtre ne peut honorer la valeur.
La bravoure n'est point une aveugle fureur.
Un héros n'a jamais fait frémir la nature :
Il meurt pour sa patrie, et pardonne une injure.
Qu'ont de commun l'honneur et l'art de s'égorger ?
La gloire est de bien faire et non de se venger.
Loin qu'aux yeux du public son honorable vie,
Par un noble pardon soit jamais avilie ;
Loin que de ses exploits l'éclat soit effacé
Par un mot outrageant dont il n'est point blessé,

---

(1) La maison de Châtillon a produit un grand nombre de personnes illustres. Tels ont été Gaucher de Châtillon, qui suivit Philippe-Auguste dans le voyage de la Terre-Sainte, et mourut au mois d'octobre en 1219. Et un autre du même nom, connétable de France sous Philippe-le-Bel, qui mourut en 1329. Le nom seul du chevalier Bayard est un éloge complet. Jamais, peut-être, capitaine ne fut plus estimé et plus regretté. Il mourut en 1524, d'un coup de mousquet qui lui perça le dos : il fit éclater sa religion dans ces derniers moments.

Cet effort généreux vient de sa grandeur d'âme :
C'est la vertu d'un cœur que l'héroïsme enflamme;
Et son ressentiment qu'il immole à l'État,
Vaut bien l'honneur acquis par un assassinat.
Mais ces hommes cruels, en proie à la colère,
Dont le bras s'est souillé d'un meurtre volontaire ;
Qui couvrent leurs excès du faux nom de l'honneur,
Ont le bras du héros, mais n'en ont pas le cœur.
Est-ce à toi d'embrasser leur barbare maxime,
De marcher sur leur pas dans la route du crime ?
A toi, digne héritier du nom de tes aïeux,
Dont tu portes les traits sur ton front vertueux.

Si de la probité le sacré caractère
Ne te distingue encore d'avec l'homme vulgaire,
Si la vertu ne fait ton plus bel ornement,
Qu'est-ce que ta grandeur ? Une injuste puissance,
Le droit de faire mal au sein de l'opulence,
De dévorer le pauvre avec impunité,
Et d'être le fardeau de la société.

Je suis loin de penser qu'avide de richesses,
Tu démentes ton sang par d'indignes bassesses ;
Que le seul intérêt pèse tes actions,
Que tu sois embrasé du feu des passions,
Et que dans ses erreurs, ta fougueuse jeunesse,
Refuse d'écouter la voix de la sagesse.
Mais sois encore grand au faîte des honneurs ;
Écarte loin de toi la foule des flatteurs.
Du pauvre qui languit dans une humble chaumière,
Par tes soins bienfaisants soulage la misère.
Citoyen vertueux, couronné par les arts,
Philosophe à la cour, héros au champ de Mars,

ÉLISABETH.   6

Donnant à l'univers un éclatant exemple,
Adore chaque jour l'Éternel dans son temple.
Cet hommage qu'on rend à l'Etre créateur,
Ne saurait avilir la suprême grandeur.
Quoi! le riche peut-il, au sein de l'abondance,
Refuser le tribut de sa reconnaissance?
Environné des biens qu'il tient de sa bonté,
Peut-il oublier Dieu dans la prospérité?
Va, la religion, avec des traits de flamme,
Grave l'amour du bien dans le fond de notre âme,
Ce digne sentiment fait l'éloge du cœur,
Et peut seul procurer le solide bonheur.

II. SONNET DE DESBARREAUX (1).

Grand Dieu! tes jugements sont remplis d'équité :
Toujours tu prends plaisir à nous être propice.
Mais j'ai tant fait de mal, que jamais ta bonté
Ne peut me pardonner sans blesser ta justice.

Oui, mon Dieu, la grandeur de mon impiété
Ne laisse à ton pouvoir que le choix du supplice :
Ton intérêt s'oppose à ma félicité,
Et ta clémence même attend que je périsse.

Contente ton désir, puisqu'il t'est plorieux :
Offense-toi des pleurs qui coulent de mes yeux,
Tonne, frappe, il est temps; rends-moi guerre pour guerre.

---

(1) Jacques Vallée, seigneur Desbarreaux, flétrissait de belles qualités par un esprit d'irréligion. Il se convertit quelques années avant sa mort; ce fut à Châtillon-sur-Saône qu'il mourut en 1674.

J'adore en périssant la raison qui t'aigrit.
Mais dessus quel endroit tombera ton tonnerre,
Qui ne soit tout couvert du sang de Jésus-Christ?

III. Prière d'un pénitent.

Pressé de l'ennemi qui m'accable,
Jusqu'à ton trône redoutable
J'ai porté mes gémissements.
Seigneur, entends ma voix plaintive,
Et prête une oreille attentive
Au bruit de mes tristes accents.

Si dans le jour de tes vengeances
Tu considères mes offenses,
Grand Dieu, quel sera mon appui!
C'est à toi seul que je m'adresse;
C'est en ta seule promesse
Que mon cœur espère aujourd'hui.

IV. Sonnet sur la mort de Jésus-Christ.

Lorsque Jésus souffrait pour tout le genre humain,
La mort en l'abordant au fort de son supplice,
Parut tout interdite et retira sa main,
N'osant pas sur son maître exercer son office.

Mais Jésus, en baissant la tête sur son sein,
Fit signe à l'implacable et sourde exécutrice,
Que sans avoir égard au droit du souverain,
Elle achevât sans peur ce sanglant sacrifice.

6.

La cruelle obéit, et ce coup sans pareil
Fit trembler la nature et pâlir le soleil,
Comme si de sa fin le monde eût été proche.

Tout gémit, tout frémit sur la terre et dans l'air :
Et le pécheur fut seul qui prit un cœur de roche ,
Quand les rochers semblaient en avoir un de chair.

V. MÉPRIS DU MONDE.

N'espérons plus, mon âme, aux promesses du monde,
Sa lumière est un verre, et sa faveur une onde,
Que toujours quelque vent empêche de calmer.
Quittons ces vanités, lassons-nous de les suivre ;
    C'est Dieu qui nous fait vivre,
    C'est Dieu qu'il faut aimer.

En vain, pour satisfaire à nos lâches envies ,
Nous passons près des rois tout le temps de nos vies ,
A souffrir des mépris, à ployer les genoux.
Ce qu'ils peuvent n'est rien, ils sont comme nous sommes,
    Véritablement hommes ,
    Et meurent comme nous.

Ont-ils rendu l'esprit, ce n'est plus que poussière,
Que cette majesté si pompeuse et si fière,
Dont l'éclat orgueilleux étonnait l'univers ;
Et dans ses grands tombeaux , où leurs âmes hautaines
    Font encore les vaines ,
    Ils sont rongés de vers (1).

---

(1) Ces vers sont de l'illustre François de Malherbe, né à
Caen vers 1556, et mort à Paris en 1628, après avoir vécu

VI. VERS DE PATRIS, QUI REVIENNENT AU MÊME SUJET.

Je songeais cette nuit, que de mal consumé,
Côte à côte d'un gueux on m'avait inhumé.
Moi, ne pouvant souffrir ce fâcheux voisinage,
En mort de qualité je lui tins ce langage :
« Retire-toi, coquin, va pourir loin d'ici ;
Il ne t'appartient pas de m'approcher ainsi.
— Coquin, ce me dit-il d'une arrogance extrême,
Ici tous sont égaux, je ne te dois plus rien :
Je suis sur mon fumier, comme toi sur le tien (1). »

VII. AUTRE VERS SUR LA MÊME MATIÈRE.

Justes, ne craignez point le vain pouvoir des hommes.
Quelqu'élevés qu'ils soient, ils sont ce que nous sommes.
Si vous êtes mortels, ils le sont comme vous.
Nous avons beau vanter nos grandeurs passagères,
Il faut mêler sa cendre aux cendres de nos pères,
Et c'est le même Dieu qui nous jugera tous (2).

---

sous six de nos rois. C'est lui qui le premier, en France, fit
sentir dans les vers une juste cadence.

(1) Pierre Patris ou Patrice, né à Caen en 1582, mourut à
Paris en 1671, à quatre-vingt-huit ans, dans de grands
sentiments de piété, après avoir supprimé, autant qu'il lui
fut possible, les pièces licencieuses qu'il avait faites dans sa
jeunesse.

(2) Ces six vers sont de Jean-Baptiste Rousseau, c'est-à-
dire, d'un homme presque aussi célèbre par ses malheurs,

VIII. MÉPRIS DE LA GLOIRE ET DES PLAISIRS.

Source délicieuse en misères féconde,
Que voulez-vous de moi, flatteuse volupté ?
Honteux attachement de la chair et du monde,
Que ne me quittiez-vous, quand je vous ai quitté.
Allez, honneurs, plaisirs, qui me livrez la guerre ;
     Toute votre félicité,
     Sujette à l'instabilité,
  En moins de rien tombe par terre ;
  Et comme elle a l'éclat du verre,
     Elle en a la fragilité.

IX. DÉSIRS DU CIEL.

Saintes douceurs du ciel, adorables idées,
Vous remplissez un cœur qui peut vous recevoir.
De vos sacrés attraits, les âmes possédées,
Ne conçoivent plus rien qui les puisse émouvoir.
Vous promettez beaucoup et donnez davantage.
  Vos bien ne sont point inconstants :
  Et l'heureux trépas que j'attends
  Ne vous sert que d'un doux passage,
  Pour nous instruire au partage,
  Qui nous rend à jamais contents (1).

---

que par la beauté de son génie. Il naquit à Paris en 1669, et mourut, banni à perpétuité du royaume, à Bruxelles, le 17 mars 1741, à soixante-douze ans, dans de grands sentiments de religion.

(1) Ces deux dernières stances sont de Pierre Corneille,

X. FORCE DE DIEU.

O trop heureux pour lui de hasarder nos jours !
Et quel besoin son bras a-t-il de nos secours ?
Que peuvent contre lui tous les rois de la terre ?
En vain ils s'uniraient pour lui faire la guerre :
Pour dissiper leur ligue , il n'a qu'à se montrer.
Il parle, et dans la poudre il les fait tous rentrer.
Au seul son de sa voix la mer fuit, le ciel tremble,
Il voit comme un néant tout l'univers ensemble :
Et les faibles mortels, vains jouets du trépas,
Sont tous devant ses yeux comme s'ils n'étaient pas.

XI. MISÈRE RÉELLE DU PÉCHEUR.

Je n'admirai jamais la gloire de l'impie.
Au bonheur du méchant qu'un autre porte envie.
    Tous ses jours paraissent charmants.
    L'or éclate en ses vêtements :
Son orgueil est sans borne ainsi que sa richesse.
Jamais l'air n'est troublé de ses gémissements :
Il s'endort, il s'éveille au son des instruments :
    Son cœur nage dans la mollesse...
    Heureux , dit-on, le peuple florissant,
    Sur qui ces biens coulent en abondance.
    Plus heureux le peuple innocent,
Qui dans le Dieu du ciel a mis sa confiance..,
Nulle paix pour l'impie ; il la cherche , elle fuit ;

---

né à Rouen le 6 juin 1606. Il mourut doyen de l'académie
en 1684. Il fut beaucoup critiqué par les envieux ; mais il fut
encore plus admiré.

Et le calme en son cœur ne trouve point de place ,
    Le glaive au-dehors le poursuit ,
    Le remords au-dedans le glace...
La gloire des méchants en un moment s'éteint ;

    L'affreux tombeau pour jamais les dévore.
Il n'en est pas ainsi de celui qui te craint ;
Il renaîtra , mon Dieu , plus brillant que l'aurore...
    J'ai vu l'impie adoré sur la terre :
    Pareil au cèdre , il cachait dans les cieux
        Son front audacieux :
Il semblait à son gré gouverner le tonnerre ,
    Foulait aux pieds ses ennemis vaincus :
Je n'ai fait que passer , il n'était déjà plus.

XII. BONTÉ DE DIEU.

    Que le Seigneur est bon , que son joug est aimable !
Heureux qui dans l'enfance en connaît la douceur :
Jeunes enfants, courez à ce maître adorable.
Les biens les plus flatteurs n'ont rien de comparable
Aux torrents de plaisirs qu'il répand dans un cœur...
        Il s'apaise , il pardonne.
        Du cœur ingrat qui l'abandonne
          Il attend le retour.
        Il excuse notre faiblesse.
      A nous chercher même il s'empresse.
      Pour l'enfant qu'elle a mis au jour,
      Une mère a moins de tendresse.
Ah ! qui peut avec lui partager notre amour (1).

---

(1) Ces trois dernières pièces sont du célèbre Jean Racine,
né à la Ferté-Milon, le 21 décembre 1639 , et mort à Paris,
le 21 avril 1699, à 60 ans.

XIII. VICTOIRE DE SES PASSIONS.

Seigneur, daignez écouter mes soupirs,
  Et les vœux ardents que je forme.
Éclairez mon esprit, réglez tous mes désirs :
Que jamais dans les maux, jamais dans les plaisirs ,
D'un dangereux sommeil mon âme ne s'endorme.
Que l'esprit ténébreux, de vos autels jaloux,
  Lui, que votre juste courroux
Précipita du ciel dans le fond de l'abîme ,
Ne puisse se vanter d'avoir eu pour victime
  Un cœur qui n'est fait que pour vous (1).

XIV. RAPIDITÉ DU TEMPS.

Le temps d'un insensible cours,
Nous porte à la fin de nos jours.
C'est à notre sage conduite,
Sans murmurer de ce défaut,
De nous consoler de sa fuite,
En le ménageant comme il faut.

XV. ON A BEAUCOUP VÉCU QUAND ON MEURT PLEIN DE VERTUS.

Ciel ! nous plaignons la jeunesse ,
Dont tes lois tranchent le cours :

---

(1) Ces vers sont de madame Deshoulières, morte à Paris,
d'un cancer, le 17 février 1694 , âgée de plus de soixante ans.
Il y a dans le Recueil de ses Poésies et de celles de sa fille,
un grand nombre de pièces qui ne méritaient pas d'être im-
primées. C'est le jugement qu'en porte un homme dont on
peut dire la même chose.

Mais aux yeux de ta sagesse,
Elle avait assez de jours.
Ce n'est point par la durée
Que doit être mesurée
La course de tes élus.
La mort n'est prématurée
Que pour qui meurt sans vertus

GRESSET.

XVI. LA RELIGION, FONDEMENT DU BONHEUR.

Heureux celui qui, plein de crainte
Pour la divine Majesté,
Marche sans détours et sans feinte
Dans le sentier de l'équité.
Rien ne trouble sa paix profonde :
Il voit dans sa maison profonde
Croître les fils de ses enfants,
Et leur jeunesse florissante,
Dont la vertu toujours constante,
Fera l'appui de ses vieux ans.

XVII. BONHEUR DE L'AUTRE VIE.

Là, de ce corps impur les âmes délivrées,
De la joie ineffable à sa source enivrées,
Et riches de ses biens que l'œil ne saurait voir,
Ne demandent plus rien, n'ont plus rien à vouloir.
De ce royaume heureux Dieu bannit les alarmes,
Et des yeux de ses saints daigne essuyer les larmes.
C'est là qu'on n'entend plus ni plaintes, ni soupirs,
Le cœur n'a plus alors ni craintes ni désirs.
L'Eglise enfin triomphe, et brillante de gloire,
Fait retentir le ciel des chants de sa victoire.

Elle chante, tandis qu'esclaves désolés,
Nous gémissons encore sur la terre exilés.
Près de l'Euphrate assis nous pleurons sur ses rives;
Une juste douleur tient nos âmes captives...
Que mon exil est long ! ô tranquille cité,
Sainte Jérusalem ! ô chère éternité !
Quand irai-je au torrent de la volupté pure !
Boire l'heureux oubli des peines que j'endure?
Quand irai-je goûter ton adorable paix?
Quand verrai-je ce jour qui ne finit jamais ?

RACINE.

XVIII. LIAISONS; LEUR CONSÉQUENCE.

Mortels, par vos sociétés,
On juge de ce que vous faites :
Dites-moi qui vous fréquentez,
Et je vous dirai qui vous êtes.

PESSELIER.

XIX. LES RICHES NE SONT QUE DÉPOSITAIRES.

Sur l'argent que le ciel vous laisse,
Les pauvres ont des mandem ents ;
Satisfaites aux paiements,
Et ne prenez sur votre caisse,
Que d'honnêtes appointements.

LE MÊME.

XX. INCERTITUDE DE LA MORT.

Roses, en qui je vois paraître
Un éclat si vif et si doux,
Vous mourrez bientôt, et peut-être
Je dois mourir plus tôt que vous.

LE DEVOIR.

—

Sachez à vos devoirs immoler vos plaisirs.

Avant que de développer cette belle maxime de la sagesse, il ne sera peut-être pas inutile d'examiner ici une question importante de la morale. On demande quelquefois si l'on peut aimer les plaisirs, les divertissements ; et si l'Évangile qui prononce anathème contre ceux qui vivent dans la joie et dans les ris, en même temps qu'il canonise ceux qui souffrent et qui pleurent, ne semble pas avoir décidé le contraire.

Nous avouerons, et tout homme qui a de la religion avouera certainement avec nous, que la vie d'un chrétien sur la terre doit être une vie de mortification et de pénitence. Il faut porter sa croix, renoncer à soi-même, se faire une guerre continuelle, et marcher sans cesse dans cette voie étroite, qui seul doit conduire au ciel. Mais craignons de donner dans le rigorisme d'une morale outrée, d'être plus sage qu'il ne faut. Gardons-nous de représenter la religion comme un tyran dur et cruel, qui ne se plaît qu'à entendre des gémissements, et à voir couler des larmes : une telle idée ne servirait qu'à inspirer de l'aversion pour elle. Si l'Écriture nous dit qu'il vaut mieux aller dans une maison de deuil et de tristesse, que dans une maison de festins et de divertissements, parce que dans la première on apprend quelle sera la fin de tous les hommes, et ce que nous deviendrons nous-mêmes, elle nous dit aussi que nous pouvons jouer, nous délasser et nous récréer, pourvu que nous le fassions dans l'innocence (1).

« La sagesse, disait Mentor à son élève, n'a rien d'austère ni d'affecté : c'est elle qui donne les vrais plaisirs; elle seule sait les assaisonner, pour les rendre purs et durables; elle sait mêler les jeux et les ris avec les occupations graves et sé-

---

(1) *Avocare, et lude, et age conceptiones tuas, et non in delictis.* Eccli. 33.

rieuses ; elle prépare le plaisir par le travail, et elle délasse du travail par le plaisir. La sagesse n'a point de honte de paraître enjouée quand il le faut. »

Il est donc certain, et il est admis dans la morale la plus exacte, que les divertissements honnêtes ne sont pas incompatibles avec la véritable sagesse. Mais si nous voulons que nos plaisirs soient dignes d'elle, et qu'elle les approuve, il ne faut pas y placer notre bonheur, ni les goûter pour eux-mêmes. Nous devons les épurer, les ennoblir par la pureté de nos motifs, et les réduire dans les bornes du délassement et du remède. Ne les proscrivons pas tous sans réserve, mais aussi ne les admettons pas tous sans distinction, ne les rejetons pas entièrement, mais ne nous y livrons pas sans mesure. Dans la morale, c'est entre les deux extrémités qu'est le chemin de la sagesse.

Laisons donc les sectateurs d'une philosophie sombre et mélancolique s'élever contre les plaisirs, même les plus conformes à la raison.

Je ne prends point pour vertu
Les noirs accès de tristesse
D'un loup-garou, revêtu
Des habits de la sagesse.

ROUSSEAU.

Philosophes misanthropes, n'enviez pas aux hommes, qui ne sont déjà que trop malheureux, quelques amusements passagers, qui les aident à supporter les maux de cette triste vie. Hé quoi! destinés, comme ils le sont, par la nature, à travailler et à souffrir, leur arracherez-vous encore ce qu'elle a bien voulu leur laisser pour adoucir l'amertume des peines, pour rendre plus léger le fardeau des affaires, et délasser des fatigues d'un travail pénible? qui est-ce qui n'éprouve jamais au sein même du repos et au milieu du travail, certains moments de dégoût et d'ennui, qui accableraient l'esprit et le jetteraient dans la langueur, s'il n'appelait à son secours les délassements et les distractions? Ils le tirent de son abattement, ils le réveillent, le raniment, et lui rendent toute son activité?

Mais si quelques plaisirs sont nécessaires, il en est sans doute de dangereux. Il y en a de plus flatteurs, qu'il est bien difficile de ne pas s'y livrer avec excès, et de ne leur jamais rien sacrifier de ce qui est dû à la vertu et au devoir. Il y en a dont le poison est si subtil et si trompeur, qu'on le prend avec avidité, et que lors même qu'on en éprouve les funestes effets, on insulte à la simplicité de ceux qui les redoutent et les fuient. Il y en a qui, par des routes semées de fleurs, conduisent aux plus horribles précipices. Il faut donc savoir les choisir avec sagesse et goûter avec modération. L'abus des plus innocents mêmes est aussi funeste que l'usage modéré en est gracieux. Décidez la sagesse, à la bonne heure, et égayez la vertu; mais consultez-les toujours dans les divertissements : les plaisirs les plus agréables sont ceux que les remords n'accompagnent jamais.

Préférez les plaisirs doux et tranquilles : on les goûte mieux quand ils ne sont pas si vifs. D'ailleurs la joie immodérée est courte, les sentiments violents ne durent pas, l'âme ne peut y suffire, et le corps s'en ressent. Les plaisirs bruyants ne seront jamais ceux du sage. On les cherche pour se désennuyer, et l'on ne s'ennuie jamais tant qu'après les avoir pris. Ils laissent un vide qu'on croit remplir par de nouveaux plaisirs; mais on s'en dégoûte bientôt comme des premiers. On court de plaisirs en plaisirs, parce qu'on ne peut être rendu un moment à soi-même, sans éprouver un ennui mille fois plus insupportable que celui qu'on a voulu éviter.

Le malheur est encore que ces grands plaisirs rendent tous les autres insipides; et l'on devient si à charge à soi-même, qu'on ne peut plus s'en passer. Ainsi, ce qui ne devrait être qu'amusement se change en passion; ce qui n'était destiné qu'à délasser et à réparer les forces, fatigue, épuise, ruine la santé et abrége les jours : car la vie s'use autant, et souvent plus dans les plaisirs que dans les travaux. Démocrite disait qu'il était parvenu à une extrême vieillesse, en ne donnant

rien aux plaisirs du corps. Le sage, qui sait que
la nature nous a rendus plus sensibles à la douleur qu'à la joie, renonce aux grands plaisirs,
pour éviter les maux qui en sont la suite ordi-
dinaire.

Imitez son exemple, vous ne vous repentirez
jamais de l'avoir suivi. Ne courez pas inconsi-
dérément après toutes sortes de plaisirs, et ne
prenez pas trop souvent ceux mêmes qu'il vous est
permis de prendre. Privez-vous-en quelquefois,
vous les trouverez plus délicieux : car telle est
la triste destinée de l'homme, jusque dans les
plaisirs mêmes, que plus on les prend, moins
on les goûte. Soyez toujours assez maître de vous-
même, pour ne pas vous y livrer avec trop d'ardeur.
Il vient un temps où l'on est bien fâché de les
avoir sentis avec trop de force et de passion. Les
jeunes gens qui se forment des plaisirs l'idée
la plus riante, croient qu'ils ne les goûteront
jamais assez tôt ni assez souvent. Ils ont dans la
suite tout le temps de reconnaître qu'ils se sont
trompés.

Ce n'est pas que nous voulions leur défendre les
plaisirs de leur âge, et que nous trouvions mauvais qu'ils se divertissent : ils doivent avoir cette
aimable gaieté qui convient si bien à la jeunesse ;
mais ce que nous leur recommandons, c'est de
ne pas employer la première partie de leur vie
à rendre l'autre misérable, c'est d'allier toujours
la sagesse avec leurs divertissements. » Il faut,

disait un ancien philosophe, être jeune dans sa vieillesse, et vieux dans sa jeunesse; » être toujours gai et toujours sage. A quel âge et de quelque état que l'on soit, il faut se prêter aux divertissements sans s'y livrer; n'en prendre jamais que de permis, et qui ne puissent nuire à soi-même ni aux autres.

Louis XVI, n'étant encore que dauphin, en donna un jour un exemple aussi beau que rare dans un âge et dans un rang où l'on ne connaît guère d'autre règle de ses plaisirs que de n'en point avoir. Il n'avait que quatorze ans, et suivait le roi à la chasse, avec les princes ses frères. On entend crier tout-à-coup que le cerf était aux abois. Les princes, par cet empressement si naturel à leur âge, veulent être présents à la mort du cerf. Le cocher, pour servir leur impatience, veut traverser un champ de blé. Le dauphin, qui s'en aperçoit, se précipite à la portière, et commande au cocher de prendre un autre chemin.

— Ce blé, dit-il, ne nous appartient pas, nous ne devons point l'endommager.

On s'écria, rempli d'admiration :

— Ah ! que la France est heureuse d'avoir un prince si juste !

Ce que fit dans sa jeunesse, et avant de porter la couronne, Henri V, roi d'Angleterre, est aussi très-beau. Ce prince s'amusait avec d'autres jeunes gens de son âge, à arrêter les passants, à les voler et à jouir de la peur qu'il leur faisait. Un de ses compagnons de débauche fut cité en justice. Le prince osa l'y accompagner, et frapper le magistrat qui venait de condamner le coupable. Le juge ordonne, d'un air grave et tranquille, de conduire le prince en prison. Les assistants frémissaient : on tremblait pour le juge; mais le prince, comme s'il eût été tout-à-coup terrassé par la majesté des lois, avoue son tort, se soumet à la sentence, et se laisse conduire en prison. Lorsqu'il monta sur le trône, il congédia les compagnons de ses plaisirs.

— Allez, leur dit-il, changez de conduite; je vais vous en donner l'exemple : le temps m'apprendra quand je pourrai vous rendre mon amitié à un titre plus honorable. Quant à présent, voici les amis dont j'ai besoin, » ajouta-t-il, en montrant les ministres sages et sévères qui avaient le plus hautement condamné sa vie licencieuse. Le juge qui l'avait fait mettre en prison n'osait paraître devant lui. Il le fit venir.

— Ce serait à moi, lui dit-il, à redouter votre présence : pour vous, vous avez acquis des droits éternels à mon estime, je vais travailler à mériter la vôtre.

Il dit aux grands qui voulaient lui rendre hommage avant la cérémonie du couronnement :

— Attendez pour me jurer obéissance, que j'aie moi-même juré obéissance aux lois.

Ce prince, dont les auteurs anglais font les plus

magnifiques éloges , est célébré dans l'histoire ,
par les heureux succès qu'il eut contre la France :
il en avait entrepris la conquête sous le règne de
Charles VI , et il eût peut-être rempli ce projet ,
si la mort ne l'avait enlevé à l'âge de trente-six
ans.

C'est surtout aux devoirs sacrés et indispensables
de notre état, que nous devons immoler nos plaisirs.
Exigent-ils, ces devoirs, qu'on leur sacrifie les
plaisirs les plus agréables, les plus innocents même? il faut être déterminé à le faire dans toutes
les occasions. Telle est la loi de l'honneur et de la
conscience.

Le devoir avant tout, et le plaisir après.

Tout doit être immolé au devoir : on doit aimer à le remplir , on doit le préférer à tout. Les
amusements les plus honnêtes, d'ailleurs, deviennent blâmables, dès qu'ils demandent un temps
qu'on doit mieux employer. C'est ce qu'un musi-
cien osa un jour faire sentir à Philippe, roi de Macédoine. Ce prince lui faisait un reproche de ce
que l'air qu'il voulait chanter n'était pas selon les
règles.

— A Dieu ne plaise, seigneur, répondit ce mu-
sicien , que vous soyez jamais si habile , que de
savoir ces choses là mieux que moi.

Tandis que les Anglais ravageaient les États de Charles VII, roi de France, ce prince faisait exécuter un ballet qu'il avait imaginé.

— N'ai-je pas bien trouvé, dit-il à quelques-uns de ses courtisans, le moyen de me divertir?

— Eh! oui, sire, lui répondit un zélé et fidèle officier, il faut convenir qu'on ne saurait perdre une couronne plus gaîment.

Charles VII ne se fâcha point de la liberté de cette réponse, et il en profita pour travailler lui-même au rétablissement de ses affaires.

Le chevalier Folard, dans ses Commentaires sur Polybe, rapporte un trait encore plus singulier. Il avait été, en 1706, envoyé à Modène, pour aider de ses conseils, en cas de siége, le gouvernement de cette place.

— Je me rendis chez lui, dit cet auteur, mais je choisis fort mal mon temps. J'avais déjà appris qu'une infinité de maîtres s'étaient chargés de son éducation. Je le trouvai avec un rabbin célèbre, nommé Baba-à-Chai. Dès qu'il me vit, il me dit fort poliment qu'il savait le sujet de ma venue, et qu'il était fort ravi de m'avoir pour collègue.

— J'apprends l'hébreu, comme vous voyez, ajouta-t-il, un peu tard à la vérité, mais j'espère en voir le bout, et de bien d'autres connaissances.

Je répondis que je le louais d'employer si bien son temps. Il renvoya le rabbin; mais à peine était-il dehors, que voilà un maître à danser qui entre.

— Vous me pardonnerez, dit-il, je mets ainsi la matinée à profit; l'après-dînée sera toute pour vous.

Je lui répondis que, s'il le permettait, je le verrais en mouvement avec plaisir. Je le vis donc danser et bondir avec une légèreté surprenante, pour un homme de soixante-huit ans. Je crus en être quitte pour cette folie; mais je me trompais. Le maître à danser était à peine sorti, qu'un maître de musique se présenta. Je tombai de ma hauteur, en voyant tout cela. Voilà mon homme qui se met à chanter, ou, pour mieux dire, à croasser : j'en fus étourdi. Cela finit enfin par un poète qui venait aussi régulièrement que les autres, lui expliquer les plus beaux endroits du Tasse. On peut bien juger qu'il n'avait aucun temps à perdre. Je fus obligé de le laisser là, et d'avoir recours au commissaire-ordonnateur, sur qui le bonhomme s'était déchargé de toutes les fonctions du gouverneur, tant ses occupations étaient grandes.

Ce ne sont pas seulement les amusements honnêtes et permis, ce sont les occupations sérieuses, les travaux même les plus louables, qui cessent de l'être, dès qu'ils nous empêchent de remplir nos devoirs ; mais je ne sais comment il arrive que les occupations étrangères nous plaisent souvent plus que celles de notre état. M. Huet,

l'un des plus savants hommes du dernier siècle,
ayant été fait évêque d'Avranches, continuait à
étudier beaucoup. Un paysan de son diocèse
vint plusieurs fois pour lui parler. On lui disait toujours que monseigneur étudiait, et qu'il
n'était pas visible. Le paysan, rebuté, dit en
murmurant.

— Pourquoi ne nous a-t-on pas donné un évêque
qui ait fait ses études?

Ce prélat, s'apercevant que son amour pour les
occupations littéraires l'empêchait de se livrer,
comme il le devait, à celles de l'épiscopat, abdiqua
son évêché, et il fit bien; parce qu'il faut remplir
les devoirs de son état, ou le quitter.

Si l'étude et l'application même sont condam-
nables, lorsqu'elles sont incompatibles avec les
devoirs que notre état nous impose, que faudra-
t-il penser des plaisirs? et cependant combien n'y
en a-t-il pas qui leur sacrifient tous les jours leurs
plus essentielles obligations? Est-on élevé à quelque haut rang, revêtu de quelque charge importante, on devrait se mettre en état de faire honneur à sa dignité, et de justifier son élévation par
une conduite active et laborieuse; il faudrait
étendre les connaissances dont on a besoin, étudier les choses et les voir par soi-même, afin de
prévenir, par cette étude, le péril d'être surpris.
Mais que fait-on? On ne prend, des places où
l'on est monté, que les avantages qu'elles procu-
rent : le plaisir de commander aux autres, le droit

d'exiger leurs services, la vaine satisfaction d'attirer leurs hommages, le privilége de les enchaîner à sa suite et de les faire servir de cortége à sa vanité. Les devoirs qu'imposent les postes éminents, entraînent des détails trop étendus et trop pénibles : ce serait se rendre malheureux, que de s'immoler à des soins si fatigants. Il faudrait pour cela se priver d'une grande partie des plaisirs qu'on aime ; et plutôt que d'en rien perdre, on se décharge de ses obligations sur des secours mercenaires ; on se repose de tout sur des ministres subalternes, dont on favorise souvent, sans le savoir, les pratiques criminelles, dont on sert les passions, dont on autorise les injustices ; et par-là, de combien d'iniquités ne se rend-on pas responsable ! Princes, grands du monde, magistrats, hommes en place, quelle vaste matière à vos réflexions !

Une femme étant venue pour demander justice à Philippe, roi de Macédoine, sur quelques mauvais traitements qu'on lui avait faits, ce prince renvoya l'examen de son affaire à un autre jour, parce qu'il allait se divertir, et qu'il n'avait pas le temps.

— Cessez donc d'être roi, lui dit-elle avec émotion.

Philippe, frappé de cette leçon, écouta sur-le-champ ce qu'elle avait à lui dire, et répondit à sa demande.

Les princes les plus dignes du trône sentent

toute l'étendue des obligations que la dignité suprême leur impose, et ils les préfèrent à leurs plaisirs. Durant tout le séjour que l'empereur Joseph II fit à Prague, la première fois qu'il vint en Bohême, il ne voulut pas aller une seule fois aux spectacles.

— J'ai trop d'affaires, répondait-il à ceux qui l'y invitaient, pour perdre mon temps à m'amuser.

Aurengzeb, qui est mort empereur du Mogol au commencement du dix-septième siècle, et l'un des plus grands princes qui aient gouverné ce riche et vaste empire, sortait d'une longue maladie. Un de ses courtisans, le voyant travailler plus que sa faiblesse ne le lui permettait, lui représenta combien cet excès de travail était dangereux. Aurengzeb lui lança un regard méprisant et indigné, se tourna vers les autres courtisans, et leur dit :

— N'avouez-vous pas qu'il y a des circonstances où un roi doit hasarder sa vie et périr les armes à la main, s'il le faut, pour la défense de la patrie? et ce vil flatteur ne veut pas que je consacre mes veilles au bonheur de mes sujets! Croit-il donc que j'ignore que la divinité ne m'a conduit sur le trône que pour la félicité de tant de milliers d'hommes qu'elle m'a soumis? Non, non, Aurengzeb n'oubliera jamais les vers de Sadi :

Rois, cessez d'être rois , ou régnez par vous-mêmes ;
On mérite à ce prix les dignités suprêmes.

Hélas ! ajouta-t-il , la grandeur et la prospérité
ne nous tendent déjà que trop de piéges. Malheureux que nous sommes , tout nous porte à
la mollesse . les femmes par leurs caresses, les
plaisirs par leurs attraits ! Faudra-t-il encore que
de lâches adulateurs élèvent leur voix perfide ,
pour combattre la vertu toujours faible et chan-
celante des rois , et les perdre par de funestes
conseils ?

Un des meilleurs rois de Naples, nommé Charles , rendait tous les jours la justice à ses sujets ,
assisté de ses ministres et de ses conseillers.
Dans la crainte que ses gardes ne fissent pas entrer les pauvres , il avait fait placer, dans la salle
même où il donnait ses audiences , une sonnette
dont le cordon pendait hors de la première en-
ceinte. Il arriva, à ce sujet, un trait assez plai-
sant , que l'histoire nous a conservé , et qui ne
prouve pas moins la bonté de ce prince que son
amour pour la justice. Un vieux cheval, abandonné de son maître, vint se frotter contre le mur,
et fit sonner.

— Qu'on ouvre , dit le roi, et faites entrer.

— Ce n'est que le cheval du seigneur Capèce ,
dit le garde en rentrant.

7.

Toute l'assemblée éclata de rire.

— Vous riez, dit le prince ; sachez que l'exacte justice étend ses soins jusque sur les animaux. Qu'on appelle Capèce.

Ce seigneur étant arrivé :

— Qu'est-ce que c'est que ce cheval que vous laissez errer, lui demanda le roi ?

— Ah ! mon prince, répond le cavalier, ç'a été un fier animal dans son temps ; il a fait vingt campagnes sous moi ; mais enfin il est hors de service, et je ne suis pas d'avis de le nourrir à pure perte.

— Le roi mon père, reprit le prince, vous a cependant bien récompensé.

— Il est vrai, j'en suis comblé.

— Et vous ne daignez pas nourrir ce généreux animal, qui eut tant de part à vos services ? Allez de ce pas lui donner une place dans vos écuries ; qu'il soit tenu à l'égal de vos autres animaux domestiques, sans quoi je ne vous tiens plus vous-même pour loyal chevalier, et je vous retire mes bonnes grâces.

Loin de nous les satires amères, les censures outrageantes contre ceux que nous devons honorer et que nous respectons. Mais le désir de rendre cet ouvrage utile a toutes les conditions, ou, si l'on veut, à la jeunesse qui doit remplir un jour les différents états de la société, nous invite à vous adresser aussi la parole, ö vous a qui les princes ont confié une des plus importantes

et des plus redoutables parties de leur puissance,
Chargés d'être parmi nous les interprètes de la
loi, les organes de l'équité, les arbitres de la
fortune, de l'honneur et de la vie des citoyens,
vous devez approfondir les affaires portées devant
vos tribunaux, étudier les droits, discuter les
preuves, éclaircir les nuages que l'artifice et la
chicane ont le talent de répandre, et peser mû-
rement toutes les raisons dans la balance de la
justice.

Combattez, détruisez l'hydre de la chicane;
Veillez pour l'horphelin, secourez l'innocent;
Rendez surtout au faible une prompte justice :
Qu'aux yeux de la beauté, qu'à la voix du puissant,
Le flambeau de Thémis jamais ne s'obscurcisse.
  Aux devoirs d'un si noble emploi
Immolez vos plaisirs, immolez vous vous-même :
Sachez qu'on ne s'élève à la gloire suprême,
  Qu'autant qu'on ne vit pas pour soi.

Voilà, juges de la terre, vos obligations. Mais
si vous vous livrez à vos plaisirs, que deviennent
vos respectables engagements? Pour entrer dans
ces discussions aussi désagréables qu'elles sont épineuses, il faudrait retrancher à ces plaisirs qui
vous flattent, des moments qui sollicitent en leur
faveur; on serait obligé d'abréger ce jeu dont on
s'est fait une occupation régulière et périodique;
il serait nécessaire de supprimer ces visites su-

perflues, où l'on n'est conduit que par la crainte de s'ennuyer avec soi-même. Mais de pareils sacrifices semblent trop rigoureux : on se les épargne, on ferme les yeux sur ses obligations, on ne compte pas si scrupuleusement avec le devoir ; et si les plaisirs l'exigent, on le leur sacrifie. Content de porter à la suite de son nom un titre honorable qui tient lieu de mérite et suppose des connaissances, on se dispense de les acquérir. On est de l'avis des autres, parce qu'on est incapable de donner le sien. On prononce au hasard, et l'on porte un arrêt injuste, qui dépouille le maître légitime ou fait gémir l'innocent. Au lieu d'être le protecteur de l'équité contre les entreprises de l'intérêt, de la mauvaise foi, de la calomnie, on élève de ses propres mains les trophées de l'injustice qui triomphe avec insolence, et traîne, enchaînés à son char, le bon droit vaincu et l'innocence opprimée. Ministres infidèles de la justice, vous êtes à ses yeux plus injustes et plus criminels que ceux dont vous avez servi les injustices et les crimes, parce que vous deviez les réprimer et les punir.

Et vous, chefs de famille, nous vous l'avons déjà dit : une de vos principales obligations, c'est de procurer à vos enfants une éducation qui les empêche, dans un âge plus avancé, de regretter le temps de leur jeunesse, une éducation non-seulement polie et conforme à leur état, mais vertueuse et chrétienne. Vous devez de bonne heure éloigner de ces âmes pures et innocentes le souffle empoisonné de la contagion, cultiver avec soin leurs talents naturels, et proposer à la patrie, dans ces jeunes élèves, des sujets capables de la servir utilement. Mais pouvez-vous les remplir, ces obligations, et les remplissez-vous en effet, lorsque, vous livrant à vos plaisirs, vous leur offrez l'exemple trop persuasif d'une vie inutile et dissipée; lorsque, pour vous épargner à vous-mêmes les embarras de la vigilance, vous ne leur donnez d'autres surveillants que des domestiques qui en auraient eux-mêmes besoin?

Ne pourrait-on pas également demander aux mères, si elles remplissent leurs devoirs à l'égard de leurs enfants, lorsqu'au lieu de veiller assidûment, comme il serait nécessaire, sur leurs inclinations naissantes, pour les tourner vers le bien, au lieu de leur donner de sages leçons, telles que la mère de Salomon en donnait à son fils, leçons qui, dictées par la tendresse de l'amour, passeraient en traits de flamme dans ces jeunes cœurs; au lieu de se livrer à des soins si doux pour une vraie mère qui veut doublement en mériter le nom, on les voit ne s'occuper que d'elles-mêmes et de leurs plaisirs?

Que sont en effet la plupart de ces femmes du monde dont nous parlons? Au sortir d'un sommeil, dont la mollesse seule règle la durée, elles pensent à l'ajustement, à la parure, y consument les plus belles heures du jour, et dans ces toilettes où la vanité préside, tiennent une école quelquefois

publique de mondanité et d'indécence. Après avoir
paré l'idole de tout ce qu'on croit plus propre à
lui attirer des adorateurs ; et l'avoir assez déguisée pour qu'on ne reconnaisse plus dans les traits
du visage la main du Créateur, elles se promènent de compagnies en compagnies, d'où elles
ne remportent que la vaine satisfaction de s'être
montrées et de croire qu'elles ont plu. Le reste
de leurs journées, absorbé par le jeu ou par les
spectacles, leur laisse à peine le temps de penser
qu'elles ont une maison à conduire, des enfants
à élever ; et peut-on même croire qu'elles y pensent ?

Cet oubli de ses devoirs les plus essentiels, si
ordinaire parmi les dames du grand monde, fera
le plus juste sujet de leurs craintes à la mort, et
de leur condamnation au tribunal de Dieu. Que
pourront-elles lui répondre, lorsqu'il leur opposera l'exemple, non-seulement de plusieurs dames chrétiennes et de princesses même, mais de
dames païennes, dont la conduite fut bien différente de la leur? On sait le beau trait de Cornélie,
fille du grand Scipion. Cette illustre romaine,
d'un mérite aussi distingué que sa naissance, se
trouva dans une compagnie de dames qui étalaient
leurs pierreries et leurs ajustements. On lui demanda de voir les siens. Elle fit venir ses enfants,
qu'elle avait élevés avec soin pour la gloire de la
patrie, et dit en les montrant :

— Voilà mes ornements et ma parure.

Y a-t-il en effet au monde, s'écrie avec raison le philosophe de Genève, un spectacle aussi touchant, aussi respectable, que celui d'une mère de famille entourée de ses enfants, réglant les travaux de ses domestiques, procurant à son mari une vie heureuse, et gouvernant sagement sa maison ! C'est là qu'elle se montre dans toute la dignité d'une honnête femme ; c'est là qu'elle impose vraiment du respect, et que la beauté partage avec honneur les hommages rendus à la vertu. Une maison dont la maîtresse est absente est un corps sans âme, qui bientôt tombe en corruption. Une femme hors de sa maison, perd son plus grand lustre ; et dépouillée de ses vrais ornements, elle se montre avec indécence. Si elle a un mari, que cherche-t-elle parmi les hommes ? Si elle n'en a pas, comment s'expose-t-elle à rebuter par un maintien peu modeste celui qui serait tenté de le devenir ? Quoi qu'elle puisse faire, on sent qu'elle n'est pas à sa place en public. Partout on est persuadé qu'il n'y a point de bonnes mœurs pour les femmes, hors d'une vie retirée et domestique ; que les paisibles soins de la famille et du ménage doivent faire leurs plus agréables occupations et leurs plus doux plaisirs, puisque c'est à cela principalement que la nature les a destinées.

Peut-on douter qu'on ne doive sacrifier ses plaisirs à son devoir, puisqu'on doit même, s'il le faut, lui sacrifier son repos, ses biens, sa vie, tout ce qu'on a de plus cher? Rotrou, célèbre poète français, connu par ses pièces dramatiques, était revêtu de la première magistrature de la petite ville de Dreux, sa patrie, lorsqu'elle fut affligée d'une maladie épidémique. Pressé par ses amis de Paris de mettre sa vie en sûreté, et de quitter un lieu si dangereux, il répondit que sa conscience ne lui permettait pas de suivre ce conseil, parce qu'il n'y avait que lui qui pût maintenir le bon ordre dans ces circonstances.

— Ce n'est pas, ajoutait-il en finissant sa lettre, que le péril où je me trouve ne soit fort grand, puisqu'au moment où je vous écris, les cloches sonnent pour la vingt-deuxième personne qui est morte aujourd'hui. Ce sera pour moi, quand il plaira à Dieu.

Qu'il est beau, qu'il est grand de penser ainsi! et quel sort plus digne d'envie, que celui d'une personne qui meurt en faisant son devoir!

MARIE - ANTOINETTE.

Lorsqu'on a parcouru les traits touchants de la vie du meilleur et du plus infortuné des rois, on cherche naturellement à en rapprocher ceux de son auguste et malheureuse épouse, c'est le motif qui nous a engagés à en offrir les plus saillants à l'empressement religieux de nos lecteurs. Grands l'un et l'autre sur le trône et dans les fers, Louis et Marie-Antoinette donnèrent, pendant le temps, hélas! trop court, de leur règne, l'exemple de toutes les vertus, et lorsque, par le plus énorme attentat, ils se virent précipités du faîte des grandeurs dans l'abîme des misères, ils s'armèrent toujours d'un courage héroïque, et opposèrent constamment aux plus vils outrages la plus sublime résignation. Trop long-temps comprimés, les accens de notre douleur peuvent enfin payer librement le tribut de regrets que nous devons aux mânes immortels de ces royales victimes : nous pouvons faire éclater les sentiments d'amour que nous nourrissons, dans le silence de nos cœurs, pour cette illustre famille.

Sa sensibilité envers les malheureux.

Dans un hiver rigoureux, les travaux publics de Vienne furent iuterrompus, le peuple souffrait beaucoup. Marie-Thérèse, en pourvoyant aux besoins de sa capitale, ne perdait pas de vue les provinces; elle s'occupait des pauvres, dans le plus grand détail et avec le plus tendre intérêt; on eût dit qu'elle était la bienfaisance personnifiée; toute sa cour partageait ses sentiments. Un jour qu'en présence de Marie-Antoinette on rapportait la cruelle situation de quelques familles infortunées, de manière à produire la plus vive émotion, notre jeune princesse, touchée jusqu'aux larmes, disparaît et revient bientôt avec une petite cassette; s'approchant de sa mère : « Voilà, lui dit-elle, cinquante-cinq ducats; c'est tout mon trésor :

permettez que je les offre à ces familles infortunées dont on vient de nous tracer un tableau si touchant. »

Et c'est là cette superbe reine que les démagogues nous représentaient comme voulant faire périr son peuple de faim !... Oh ! non, il n'est pas dans la nature qu'une princesse dont l'âme s'est montrée si accessible à la piété dès la plus tendre enfance, ait pu changer à ce point lorsqu'elle a eu acquis toute la maturité du sentiment : nous allons nous en convaincre de plus en plus.

Le 8 juin 1770, ayant fait son entrée dans la capitale avec le dauphin, elle voulut donner au peuple une marque de sa sensibilité à son égard, en retour des démonstrations de joie et des acclamations dont il faisait retentir les airs, en obtenant de Louis XV la délivrance de tous les prisonniers détenus faute de paiement des mois de nourrice de leurs enfants.

Au mois d'octobre 1773, un lieutenant des grenadiers de France, après avoir été supprimé, sollicitait vainement un emploi : Marie-Antoinette en étant informée, fait venir un tailleur et lui commande un uniforme du régiment de Montecler dragons ; le lendemain elle fait remettre cet habit à son protégé avec le brevet dans une poche, cent louis dans l'autre, une boîte d'or d'un côté de la veste, et une montre de l'autre.

Sa bonté compatissante.

Un jour qu'elle traversait à pied le village de Saint-Michel, près de Versailles, elle vit une vieille femme infirme, entourée de plusieurs petits enfants. Son âme sensible fut émue à l'aspect de ce tableau touchant; ayant appris de cette femme, grand'mère de ces enfants, qu'elle était dans sa caducité, et, malgré son indigence, l'unique appui de ces malheureux orphelins, elle leur fit distribuer de suite des secours en argent; et, jetant des yeux attendris sur le plus jeune, âgé de quatre ans, elle déclara qu'elle s'en chargeait, et qu'elle en ferait prendre soin.

Se trouvant au rendez-vous de la chasse, près du village d'Achère, à deux lieues de Fontainebleau, elle entendit sortir d'une vigne les cris d'une femme et d'un jeune enfant : elle s'élance aussitôt de sa voiture, et vole au secours de la malheureuse qui venait de perdre connaissance; elle lui fait respirer des eaux spiritueuses qui la rappellent bientôt à la vie; elle apprend à madame la dauphine qu'un cerf, forcé par des chiens, s'était élancé par-dessus la muraille d'un jardin où travaillait son mari, qu'il lui avait enfoncé son bois dans le ventre, et que cet infortuné était sur le point de périr. Ce récit douloureux, accompagné de toutes les marques du désespoir, arrache des larmes d'attendrissement à cette bonne princesse : elle lui donne tout ce qu'elle a dans sa bourse ; ensuite elle fait monter dans son carrosse la paysanne et son fils, et ordonne à un valet-de-pied de les reconduire chez eux, et de l'informer de l'état du mari. Le roi paraît sur ces entrefaites, on lui raconte ce funeste accident : ce prince sensible ordonne à 'son premier chirurgien d'aller chaque jour visiter le blessé, et s'écrie : « Quel malheur, si cet homme vient à périr ! Comment rendre à la veuve son mari, et à l'enfant son père ?... — Ah ! papa, reprend la dauphine, en les tirant de la misère, nous pouvons au moins diminuer la cruauté de leur sort. »

Se promenant sans suite avec monsieur le dauphin, dans le parc de Versailles, ils aperçûrent une petite fille qui portait une écuelle et quelques cuillères d'étain. « Que portes-tu là, mon enfant ? lui dit la princesse. — Madame, c'est de la soupe pour mon père et ma mère qui travaillent là-bas aux champs. — Et avec quoi est-elle faite ? Avec de l'eau, madame, et des racines. — Quoi ! sans viande ? — Oh ! madame, bien heureux quand nous avons du pain. — Eh bien ! porte ce louis à ton père pour vous faire à tous de meilleure

soupe... » Puis, s'adressant à son auguste époux :
« Voyons, dit-elle, ce qu'elle deviendra. » Ils la
suivent des yeux, et apercevant le bon homme
tomber à genoux et lever les mains vers le ciel,
aussitôt qu'il est instruit de l'heureuse rencontre
de sa fille : Ah ! vois-tu, mon ami, s'écrie madame
la dauphine, ils prient pour nous ! Quel plaisir
on goûte à faire du bien ! Ton cœur ne te dit-il
rien à un pareil spectacle ? — Mettez votre main
là, dit le prince en saisissant celle de la princesse
et la portant à son cœur. — Oh ! il bat bien fort ;
va, tu es sensible ; je suis contente de toi. »

C'est ainsi que son âme bienfaisante se plaisait
à faire le bien : il suffisait d'être malheureux pour
avoir droit à sa générosité.

Ses sentiments de piété filiale pendant la maladie de Louis XV.

Au mois de mai 1774, le Roi étant tombé malade, la petite-vérole se manifesta sous les symp-
tômes les plus alarmants. Le dauphin, les princes,
Mesdames et toute la famille royale donnèrent en
cette occasion à toute l'Europe un exemple mémo-
rable de tendresse filiale. Un jour que la maladie
inspirait plus d'inquiétude, et que les princes et
princesses, sortis sur la terrasse pour prendre
l'air, étaient entourés d'une multitude qui gardait

le silence, madame Adélaïde apporta un bulletin
de S. M. plus satisfaisant que le précédent. Marie-
Antoinette aussitôt ordonna de faire approcher le
peuple pour entendre la lecture. Un acte si touchant d'amour filial et de popularité fit couler des
larmes de tous ceux qui étaient présents ; on entendit les airs retentir des cris mille fois répétés
de *Vive le roi et son auguste famille!* La dauphine montrait en pleurant au prince son époux
ce spectacle attendrissant qui peignait si au naturel l'amour des Français pour leur roi.

Dans la nuit du 8, la maladie ayant fait des
progrès et ôté tout l'espoir de guérison qu'on avait
conservé jusqu'alors, le dauphin écrivit la lettre
suivante à l'abbé Terray, tant en son nom qu'en
celui de la princesse son épouse : « Je vous prie,
monsieur le contrôleur-général, de distribuer dans
la minute deux cents livres aux pauvres, afin qu'ils
prient pour la conversion du roi. Si vous trouvez
que cette somme puisse nuire à vos arrangements
pris, vous la retiendrez sur nos pensions... »

C'est ce qui fut exécuté conformément à leurs
désirs. La mort de Louis XV ayant eu lieu le 10,
à trois heures et demie après midi, elle ouvrit à
Marie-Antoinette et à son auguste époux le chemin
au trône : triste hérédité! puisqu'elle leur devint
à tous deux si fatale.

Sa clémence en faveur des injures.

Le marquis de Pontécoulant, major des gardes-du-corps, avait grièvement offensé cette princesse lorsqu'elle n'était encore que dauphine; elle avait juré de s'en venger. A son avènement au trône, M. de Pontécoulant, croyant sa disgrâce certaine, s'empressa de remettre sa démission entre les mains de M. le prince de Beauveaur La nouvelle s'en étant répandue à la cour, la reine fit appeler M. de Beauveau, et l'interrogea sur cette résolution, dont elle feignit d'ignorer le motif : «Madame, répond le prince; M. de Pontécoulant a craint de déplaire à Votre Majesté dans ses fonctions. Allez dire au major, reprit cette excellente princesse, que la reine ne venge point les injures faites à madame la dauphine; que je le prie de vouloir bien les oublier lui-même, et de reprendre sa place. » M. de Pontécoulant, rassuré, conserva le poste d'honneur où sa naissance et ses services l'avaient élevé.

Un pauvre ouvrier et une bonne femme contemplaient un jour le monarque et criaient : *Vive notre bon roi!* La reine, qui les aperçoit, leur fait signe d'approcher, les prend par la main et les présente à Louis, en leur disant : *Le voilà votre bon roi.* Cette princesse était fière des vertus ac-

cordées à son époux, et de l'amour des Français
pour lui.

Un jeune homme, fils du poète Duché, qui prenait des leçons de dessin du célèbre Vien, assistant un jour au grand couvert, se mit à esquisser le
portrait de la reine; et en cela il manquait de
respect et agissait contre l'étiquette. Sa Majesté,
qui s'en aperçut, lui demanda s'il en avait obtenu
l'agrément; le jeune dessinateur lui répondit avec
autant de présence d'esprit que de délicatesse :
« J'ai cru, Madame, qu'il était permis de saisir
les grâces partout où l'on était assez heureux pour
les rencontrer. » La reine, flattée de cette réponse,
désira voir son travail; elle en parut contente; et
son suffrage était d'autant plus honorable qu'elle
se connaissait en dessin et en peinture; il en reçut
de grands applaudissements, l'assurance de sa
protection et une somme d'argent en forme de
gratification.

Cette bonne princesse donna encore les preuves
les plus éclatantes de sa bienfaisance pendant l'hiver rigoureux de 1783 et 1784 : elle prit sur sa
cassette cinq cents louis qu'elle remit à M. le lieu-
tenant-général de police pour les distribuer aux
indigents avec cette recommandation : « Hâtez-
vous de distribuer cet argent aux malheureux,
jamais dépense ne m'a été plus agréable. » Le peuple se montra reconnaissant de ce bienfait, et elle
reçut les bénédictions de la multitude.

Pour rendre grâces à Dieu de la naissance de ses enfants, cette pieuse reine résolut de marier cent filles pauvres et vertueuses, choisies dans toutes les paroisses de Paris, et de leur donner à chacune une dot de cinq cents livres, et deux cents pour habiller de neuf les époux. Cet argent, par une sage précaution, fut employé à acheter une maîtrise, dans la crainte qu'ils ne tombassent par la suite dans l'infortune. Elle s'engagea encore à payer les mois de nourrice des premiers-nés qui proviendraient de ces alliances, et accorda aux mères qui nourriraient elles-mêmes une layette et un tiers de plus par mois qu'aux autres. Deux vieillards et leurs épouses, dotés aussi par la reine, renouvelèrent la cinquantième année de leur mariage en présence des jeunes époux : ils étaient accompagnés de leurs enfants, petits-enfants. Ces cent deux mariages furent célébrés dans l'église de Notre-Dame, le même jour que la reine vint rendre grâces à Dieu de son heureuse délivrance. Sa Majesté, accompagnée de son auguste époux et de toute sa famille, traversa la ville dans le cortége le plus pompeux. Arrivés à l'église, où les nouveaux époux et les quatre vieillards, tous en habits uniformes, étaient rangés sur deux haies, Leurs Majestés passèrent au milieu d'eux, et en reçurent tous les témoignages possibles de reconnaissance. Après la cérémonie, les époux déjeûnèrent à l'archevêché, où plusieurs tables de cent couverts avaient été dressées, et firent souvent re-

tentir la salle des cris d'allégresse de *Vive le roi!*
vive la famille royale!

A la naissance du dauphin , elle fit retirer in-
distinctement tous les effets quelconques du Mont-
de-Piété , dont le prêt n'excédait pas un louis. Cet
acte sublime de générosité se monta à plusieurs
millions.

FIN.